AUDREY HARTE

SÉRIE AMOR EM L.A. – 2

Tudo acontece
no momento certo

Título original : All the Right Things
Copyright © 2014 Audrey Harte
Copyright da tradução © 2016 por Editora Charme

Todos os direitos reservados.

Nenhuma parte deste livro pode ser reproduzida, digitalizada ou distribuída de qualquer forma, seja impressa ou eletrônica, sem autorização.

Este livro é uma obra de ficção e qualquer semelhança com qualquer pessoa, viva ou morta, qualquer lugar, eventos ou ocorrências, é pura coincidência. Os personagens e enredos são criados a partir da imaginação do autor ou são usados ficticiamente. O assunto não é apropriado para menores de idade. Por favor, note que este romance contém situações sexuais explícitas e consumo de álcool e drogas.

1ª Impressão 2018
Produção Editorial - Editora Charme
Capa e Projeto gráfico: Verônica Góes
Tradução: Cristiane Saavedra
Revisão: Jamille Freitas e Ingrid Lopes
Foto de capa: Depositphotos

Este livro segue as regras da Nova Ortografia da Língua Portuguesa.

CIP-BRASIL, CATALOGAÇÃO NA PUBLICAÇÃO
SINDICATO NACIONAL DE EDITORES DE LIVROS, RJ

S835i
Harte, Audrey
  Tudo acontece no momento certo / All the Right Things
Série Amor em L.A. - Livro 2
Editora Charme, 2018.

ISBN: 978-85-68056-56-1
1. Romance Estrangeiro

CDD 813
CDU 821.111(73)3

www.editoracharme.com.br

AUDREY HARTE

SÉRIE AMOR EM L.A. – 2

Tudo acontece
no momento *Certo*

Editora
Charme

Dedicatória

Para todas as meninas que correm atrás de um sonho.

Àquelas que sonham e se esforçam para serem pessoas melhores, nunca parem de sonhar e sempre acreditem em si mesmas. Vocês podem fazer qualquer coisa que quiserem, se tiverem força de vontade.

Capítulo 1

Nate: Annie, preciso falar com você. Peço mil desculpas e quero explicar tudo, se você quiser me ouvir. Sei que não tem desculpa o que fiz, mas tive uma boa razão para isso. Sinto sua falta. Quero te ver e contar tudo. Por favor, diga que vai me ouvir.

Annie encarou o celular com uma expressão perplexa enquanto relia a mensagem de Nate pela décima vez. Sua cabeça estava a mil por hora enquanto dirigia de volta ao Valley, depois de tomar café com Casey. Claro, ela secretamente esperava que ele ligasse e se explicasse, mas não acreditava que ele fosse ligar. Annie não estava convicta de que ele pudesse dizer qualquer coisa que a fizesse perdoá-lo pelo que tinha feito, mas teve que admitir que tinha uma mórbida curiosidade de saber que tipo de desculpa ele daria por ter transado com ela no banheiro de um bar de karaokê e depois ido embora sem dizer nada.

Em vez de ir para seu apartamento quando chegou ao prédio, ela se viu na porta de Alex, batendo insistentemente até ele abrir. Seu vizinho e melhor amigo deu uma olhada em seu rosto, e, sem uma palavra, afastou-se com um passo atrás para que ela entrasse. Ela foi em linha reta até a cozinha e pegou uma taça para se servir de um pouco de vinho da garrafa recentemente aberta que estava no balcão, bebendo tudo em poucos grandes goles. Encolhendo-se quando o vinho gelado quase congelou seu cérebro, ela baixou a taça no balcão e se serviu de mais um pouco.

— Dia ruim? — Alex perguntou com uma sobrancelha levantada quando se sentou em um banco no balcão, tirando a garrafa de sua mão e despejando o restante do vinho em sua taça.

— Não exatamente... quer dizer, foi um dia muito bom, apesar de tudo. Encontrei-me de novo para tomar café com Casey após o trabalho, e foi bom. O lado negativo foi quando ele me disse que sairá em turnê amanhã por algumas semanas. Ele está substituindo um dançarino de alguma nova pop star que se machucou.

— Legal pra ele, não tão legal para você?

Annie riu.

— Isso é bom. Digo, sim, estou um pouco chateada porque estávamos começando a nos conhecer, e agora não vou vê-lo por pelo menos três semanas, mas ele quer me levar para sair quando voltar. E, com o meu histórico ultimamente, acho que é uma coisa boa se só nos falarmos por algumas semanas e nos conhecermos antes de qualquer coisa física começar entre nós.

— Provavelmente é o mais inteligente.

— Sim... então, quando estava voltando para casa, recebi uma mensagem de texto de Nate.

— Dizendo o quê? — As sobrancelhas de Alex dispararam em surpresa, e Annie apenas balançou a cabeça, arregalando os olhos ligeiramente enquanto levava sua taça até os lábios e bebia novamente.

— Eu sei, tá?

— Acho que isso exige mais vinho — Alex disse, levantando do banquinho para pegar mais uma garrafa de *Pinot Grigio* da geladeira, estourando rapidamente a rolha. Após encher ambas as taças, ele tomou um longo gole da sua. — A propósito, reparei que você cortou o cabelo!

— Ah, sim. Foi ontem, depois do trabalho. — Annie estendeu a mão para correr os dedos pelo cabelo curto, o que ainda precisaria de algum tempo para ela se acostumar.

— Não acredito que você cortou tanto; está super curto! O que te fez decidir fazer isso? Não é que não tenha ficado bom. Ficou totalmente chique em você.

— Obrigada, querido... Eu não sei... Apenas sinto que estou passando por uma mudança agora e estou tentando recomeçar a minha vida amorosa, que, como você sabe, tem sido um desastre total ultimamente. Bem, não apenas ultimamente.

Alex assentiu.

— Você tem a pior sorte do mundo com os homens.

— Ha, não me diga!

— Não que a minha sorte seja melhor.

— Ainda posso pedir ao Casey para encontrar alguns homens que usam *collant* — disse Annie, fingindo rir inocentemente para ele. Alex parecia estar prestes a dar uma resposta engenhosa, mas a campainha tocou, interrompendo-o. Parecendo um pouco envergonhada, ela se levantou e começou a se desculpar. — Eu sinto muito... Acabei invadindo sua casa. Se você está esperando alguém, eu posso sair.

— Fique onde está, é apenas o cara da pizza — Alex disse, levantando-se do banquinho e enfiando a mão no bolso de trás, pegando a carteira e indo em direção à porta da frente. Depois de pagar o entregador e fechar a porta novamente, colocou a caixa de pizza em cima do balcão e abriu a tampa.

Quando ela viu que sabor era, bateu palmas alegremente.

— Mmm... pepperoni, abacaxi e pimentão verde. A minha favorita. Viu?

É por isso que somos amigos. Você tem bom gosto para pizza.

Alex caiu na gargalhada.

— Então cai dentro... Não consigo comer essa coisa toda sozinho. Pelo menos o meu gosto para pizza é melhor do que o meu gosto para homens.

Ele não teve que oferecer duas vezes. Annie pegou o prato que ele deu a ela e alcançou uma fatia, em seguida, praguejou e soltou imediatamente a fatia de volta na caixa.

— Puta merda, está quente! — ela exclamou, chupando os dedos.

— Uh, tá sim. Cuidado, querida.

Depois de esperar um minuto até esfriar, ela tentou pegar a fatia novamente e a transferiu com sucesso para o prato antes de, cautelosamente, morder com vontade aquele manjar dos deuses.

— Mmm, está uma delícia.

— Então, de volta à mensagem de texto do Nate — Alex disse com a boca cheia de pizza.

Gemendo, Annie revirou os olhos e não respondeu de imediato, dando outra mordida na pizza e mastigando lentamente antes de finalmente responder.

— Certo. Bem, ele enviou uma mensagem e pediu desculpas por me abandonar na outra noite. Disse que tinha uma boa explicação, que sentia minha falta e queria me ver de novo.

— Humm, interessante. Então você vai se encontrar com ele?

— Uma parte de mim quer acreditar que ele realmente teve uma boa razão, mas a outra duvida que eu possa confiar nele novamente. Além disso, vejo um real potencial com Casey. E tenho bastante certeza de que nenhum deles vai concordar em eu sair com os dois ao mesmo tempo, não que eu fosse fazer isso. Mas quero saber qual foi a razão dele.

— Eu também.

— Ugh, por que os homens têm que ser uns babacas, às vezes? — Ela bufou.

— Ei! — Alex protestou.

— Por que os homens heterossexuais têm que ser babacas, às vezes? — ela corrigiu, sorrindo para ele.

— Pode me bater, mas quero saber de tudo depois de você ver o Nate. Estarei esperando com uma garrafa de vinho.

— O quê? Você acha que eu deveria fazê-lo vir agora? — Annie olhou para ele, incrédula.

— Não deixe para depois o que pode fazer agora, querida.

— Não! Está maluco? Preciso de tempo para me preparar mentalmente para este encontro.

Alex balançou a cabeça para ela.

— Você está enrolando, *mami*.

— Eu não estou enrolando. Eu só... só preciso de uma noite para pensar nisso.

— Pensar sobre o quê? Você só quer ouvir a desculpa dele, certo? Não significa que tenha que decidir imediatamente se acredita ou não nele.

Annie mordeu o lábio, parecendo em dúvida.

— Eu não sei... me deixe refletir um pouco sobre isso.

Alex mordeu outro pedaço de pizza e assentiu, indicando que estava com a boca cheia. Ela realmente queria ouvir o que Nate tinha a dizer e preferia tomar uma decisão sobre o que fazer o mais rapidamente possível, antes que isso afetasse suas chances com Casey.

— Tudo bem. — Annie se levantou do banquinho e deu um tapinha em cima do balcão, decididamente. — Volto depois para tomar mais vinho.

— Boa menina!

A mão de Annie tremeu quando ligou para Nate e colocou o telefone no ouvido, escutando-o tocar uma vez, depois duas, e então ele atendeu.

— Alô? Annie?

— Oi.

— Olha, eu posso explicar. Estou tão arrependido.

— E deveria mesmo.

— Eu estou, acredite. Posso... posso ir aí e conversar com você pessoalmente sobre isso? Por favor, deixe-me explicar.

Mesmo que já tivesse decidido deixá-lo vir, ela sentiu que devia fazê-lo sofrer um pouco, antes de concordar. Ela esperou alguns segundos e então suspirou.

— Eu não sei se é uma boa ideia.

— Por favor. Juro que não tive a intenção de te magoar de forma alguma. Eu só... preciso te ver pessoalmente para pedir desculpas e explicar o que aconteceu.

Annie suspirou e parou de novo para efeito extra antes de finalmente concordar.

— Tudo bem... Quero dizer, tudo bem, claro. Por que não?

— Ótimo. Estarei aí em mais ou menos meia hora.

— Ok.

Ela encerrou a ligação e olhou em direção ao céu.

— Por favor, Deus, não faça eu me arrepender disso.

Um momento depois, ela estava batendo na porta de Alex antes de ela mesma abrir e entrar. Ele já estava com sua taça cheia e pronta quando ela entrou. Então, rapidamente, bebeu o vinho e ergueu a taça para mais.

— Ele está vindo para cá — ela chiou.

Alex sorriu enquanto tornou a encher a taça dela.

— Que bom! Daqui a pouco, vou estar ouvindo seus gritos pelo pátio, de novo.

— Para começo de conversa, não vou dormir com aquele idiota, seja o que for que ele tenha a dizer. Se eu o perdoar, ele vai ter que ralar muito para que isso aconteça. Em segundo lugar, aprendi minha lição da primeira vez e não vou esquecer de fechar as janelas nunca mais.

— É o que você diz, *chica*.

Annie revirou os olhos para ele quando engoliu o resto do vinho de sua taça e depois a colocou sobre a bancada.

— Obrigada, querido. Eu precisava da bebida e do apoio moral. Vou tomar banho antes que ele chegue. Te amo.

— Te amo mais!

Havia tempo de sobra para Annie retocar a maquiagem e o cabelo e arrumar o apartamento antes de Nate chegar. Quando ela abriu a porta e o viu ali parado com um buquê de flores na mão, seus profundos olhos azuis tão esperançosos e arrependidos, o primeiro instinto de Annie foi jogar os braços em volta dele e dizer que o perdoou. Mas a quantidade de dor que ele havia causado a deixou mais cautelosa; ela não cederia tão facilmente.

— Oi — ele disse calmamente.

— Oi — disse ela, os olhos apertados e cautelosos.

— Você cortou o cabelo.

Instintivamente, sua mão subiu até o cabelo que havia ido embora.

— Cortei. Não gostou?

— Não, eu gostei. Ficou bom, você... está ótima.

— Obrigada — ela disse, baixando a mão para o lado do corpo.

— Eu te trouxe essas flores... meio clichê, eu sei. Mas, hum... o florista me disse que rosas brancas podem significar desculpas e lavanda expressa sentimentos de paixão, prazer ou adoração. Então, como eu queria deixar uma moça saber que eu sinto muito, que fodi as coisas e que me apaixonei perdidamente e espero que ela me perdoe e me dê uma segunda chance, era com isso que eu devia começar.

— Bem, Nate, realmente não sei o que você quer que eu diga. Quer dizer, as flores são um gesto simpático, mas você não pode me comprar com rosas e um discurso bonito. Você ainda não explicou por que desapareceu misteriosamente naquela noite. Tenho certeza de que você sabia que podia ter transado comigo bem antes da noite no karaokê, mas fez parecer que estava interessado em mais do que apenas uma transa casual.

Nate estremeceu quando olhou pelo pátio vazio.

— Ah, sim, eu sei. Sou um idiota. E eu quis e *quero* mais do que isso de você. Mas... quem sabe se eu puder entrar, possa conversar sobre isso para não darmos aos seus vizinhos um espetáculo privado?

Annie hesitou momentaneamente antes de balançar a cabeça, consentindo, então, relutantemente, deu um passo atrás para permitir a entrada de Nate no apartamento. Ele entregou-lhe as flores, então a esperou fechar a porta e sentar no sofá. Ele permaneceu de pé, esfregando as mãos nervosamente, olhou para o teto e limpou a garganta antes de finalmente olhá-la nos olhos.

— Bom, deixe-me começar no início para que você entenda o que me levou a desaparecer naquela noite. Como eu disse antes, trabalho de mentor numa clínica de reabilitação para jovens que estão tentando se livrar da dependência das drogas ou do álcool. O que eu não te disse é por que trabalho com isso. — Nate olhou para o chão por um momento enquanto limpava novamente a garganta, então finalmente sentou em uma poltrona e começou a explicar.

— Olha, hum — ele começou, e depois fez uma pausa para respirar fundo antes de continuar. — Durante toda a minha vida, meus pais eram viciados, por isso não foi uma grande surpresa quando comecei a usar ainda muito novo, aos treze anos, para ser mais exato. Primeiro, comecei a beber, fumar cigarros e maconha, talvez alguns cogumelos ocasionalmente, e depois mudei para cocaína e ecstasy. Quando tinha dezesseis anos, eu era viciado em remédios controlados e pensava seriamente em tentar metanfetamina. Mas tinha visto o que isso tinha feito aos meus pais, e uma parte minha ainda estava relutante.

Annie assentiu solenemente quando ele fez uma pausa.

— Entendo. Uau, isso é muito louco. Então, obviamente, você desistiu de tudo isso desde aquela época?

— Sim, eu fiz uma amiga na aula de balé quando estava sóbrio. Ela tinha passado pelo grupo de narcóticos e já estava recuperada depois de ir para a reabilitação. Ela nunca desistiu de mim e foi minha maior incentivadora. Demorou dois anos, e, claro, tive algumas recaídas, mas ela me ajudou a atravessar a pior parte e sem aturar nenhuma das minhas besteiras. Em junho, faz cinco anos que estou sóbrio.

— Bem, parabéns por isso e sei que deve ter sido uma longa e difícil batalha pra você. Me desculpe não ter percebido. Provavelmente não o teria convidado para um bar — disse Annie com um sorriso triste.

— A culpa não é sua. Isso não é algo que eu, necessariamente, conte de imediato quando acabo de conhecer alguém. Só me abro depois e era isso que eu estava tentando fazer com você, mas... bem, eu me entusiasmei um pouco no bar. Juro, eu não tinha intenção de que aquilo acontecesse... mas havia toda aquela tensão sexual entre a gente, e você estava deslumbrante e, nossa, seu cheiro é bom o suficiente para comer. Sei que não é uma boa desculpa, mas não consegui evitar.

— Você não estava planejando que aquilo acontecesse, mas tinha um preservativo no bolso?

— Eu sempre carrego um preservativo no bolso.

Annie sorriu.

— Bem, suponho que seja sempre melhor prevenir do que remediar.

— Segurança em primeiro lugar.

— Está certo, bem, isso ainda não explica por que você foi embora sem dizer nada.

Nate se encolheu e passou a mão pelo cabelo, esfregando a nuca enquanto olhava fixamente para o chão.

— Eu sei, então, a coisa é... a minha madrinha é essa garota que conheço praticamente desde que estou sóbrio. Somos bastante próximos, e eu não sabia que ela estava, secretamente, esperando que a nossa relação se transformasse em algo mais, mas agora, pensando bem, eu deveria ter imaginado. Eu sempre falava de você com ela, e a telefonei duas vezes quando estava me sentindo tentado a beber, e ambas as vezes aconteceram quando eu estava com você.

Arregalando os olhos ligeiramente, Annie balançou a cabeça. Agora tudo estava começando a fazer sentido.

— A primeira vez foi na noite do seu encontro semanal com o Alex pra jantar. A segunda foi no bar de karaokê. Em ambas as vezes, ela me aconselhou a sair imediatamente. Na segunda vez, chegou a dizer que você estava ameaçando a minha sobriedade, e que eu precisava levantar e ir embora sem dizer nada, que, no fim das contas, seria melhor para você. Estava tão fodido da cabeça que acabei fazendo o que ela aconselhou. Eu confiava nela. Mas não me perdoo ou penso em outra coisa desde que saí de lá. Depois da nossa reunião seguinte, Sasha, minha madrinha, me pediu uma carona para casa. Quando chegamos lá, ela me convidou para um café e disse que podíamos conversar mais. Mas, depois que ela tentou me beijar no meio da nossa conversa em que eu contava o quanto me arrependia de ter ido embora sem te dizer nada, percebi quais tinham sido suas verdadeiras intenções. Não preciso nem dizer que saí imediatamente e que ela não é mais minha madrinha.

— Uau... Eu nem sei o que dizer. — Annie balançou a cabeça; isso não era uma grande desculpa, mas ela meio que entendia.

— Sei que não mereço uma segunda chance, mas o mínimo que eu podia fazer era explicar o que aconteceu e pedir seu perdão. Você é uma mulher linda, única, especial, e a última coisa que eu queria era te magoar. Achei que você merecia saber o que aconteceu. Não quero que pense que teve alguma coisa a ver com o que eu sentia em relação a você.

Respirando fundo, Annie "brincava" com a almofada no colo, sem saber o que dizer em seguida.

— Bem, obrigada por ser honesto comigo. Gostei de saber. A sua saída repentina fodeu com a minha cabeça... Eu não sabia o que tinha feito ou o que pensar de você como pessoa... além de ser o maior idiota do mundo. — Os dois riram um pouco sem jeito.

— É, eu sei que mereço isso.

— Merece. Então... é isso? Você só queria se explicar e pedir desculpas?

— Bem, eu me importo com você, Annie. E adoraria se você me desse uma segunda chance. Prometo ir mais devagar. Vou te levar em outros encontros, te trazer mais flores, conquistá-la... tudo o que você quiser.

Sua mente deu voltas enquanto ela considerava as desculpas de Nate e seus sentimentos começando a crescer por Casey. Ela queria ver aonde as coisas poderiam ir com Nate? Podia confiar nele para não despedaçar seu coração novamente? E se Casey voltasse e não desse certo? Ela mordeu o lábio enquanto ponderava sua resposta.

Lentamente, ela disse:

— Olha, Nate, aprecio você ter vindo aqui esta noite e me contado tudo. Admito que ainda me sinto atraída por você, mas, independentemente da sua explicação, você me magoou muito, e não sei se quero correr o risco de isso acontecer novamente.

— Eu juro, se você me der outra chance, vou fazer de tudo para te provar que mereço a sua confiança. Por favor, acho que nós poderíamos ter algo realmente especial. Nunca me senti assim com ninguém antes.

Annie suspirou e balançou a cabeça.

— Eu não sei. Preciso de tempo para pensar.

— Claro, claro. Leve o tempo que precisar. Olha, eu vou parar de te chatear. Vou te dar espaço. Você, provavelmente, vai querer ir até o Alex desabafar agora.

Sem conseguir evitar, Annie sorriu e assentiu.

— Ah, vou, ele está à espera de um relatório completo.

— Eu suspeitava disso. Estou feliz por você ter um amigo como ele para te apoiar.

— Eu também. Não sei o que faria sem ele.

Depois que ela o acompanhou até a porta, ele se virou e olhou-a timidamente.

— Posso te dar um abraço? — Assim que ela concordou, ele passou os braços em volta dela em um abraço apertado, enterrando o nariz em seu cabelo. — Oh, Deus, seu cabelo tem um cheiro tão bom — ele gemeu antes de soltá-la. — Gostei do que você fez com ele. Ficou ótimo.

— Eh, bem, obrigada.

— Vou indo... pense a respeito, Annie. Prometo te recompensar. E, novamente, leve o seu tempo. Talvez possamos jantar em uma semana ou mais.

— Eu te aviso.

Suspirando, ele balançou a cabeça e se virou para abrir a porta. Ela ficou parada e o observou sair pelo pátio, em seguida, fechou a porta e voltou ao apartamento de Alex.

Quando ela entrou, Alex estava recostado no sofá assistindo a um filme com seu gato enrolado no colo.

— E aí? Como foi?

Sentando-se no sofá ao lado dele, Annie recostou a cabeça no encosto e fechou os olhos.

— Bem. Ele explicou o que aconteceu. Está sóbrio há cinco anos, e, quando disse à sua madrinha que estava sendo tentado a beber e que estava comigo, ela disse para ele ir embora.

— Uau, bem, isso eu meio que posso compreender, embora não sei por que ele não poderia ter te contado isso no bar.

Desencostando a cabeça do sofá, Annie olhou para os lados.

— Ah, há mais do que isso. Aparentemente, a madrinha dele também tem tesão por ele, portanto, tinha um motivo oculto.

— Ah, sim... Isso faz mais sentido — Alex disse, balançando a cabeça.

— Sim. Ela cometeu um erro muito grave ao abusar da relação deles dessa forma.

— Totalmente. Então, você vai lhe dar outra chance?

— Eu não sei... Ainda não sei se ele vale a pena.

— Vocês tiveram uma ótima química, e ele não foi um idiota até desaparecer do bar.

— Sim, eu sei. Ei, de que lado você está, afinal? — Arqueando uma sobrancelha, Annie olhou para ele especulativamente.

— Do seu lado, querida! Só estou dizendo que pode valer a pena dar outra chance a ele.

Ela suspirou profundamente e revirou os olhos para o teto.

— Eu não sei...

— Você tá falando muito isso.

— Claro! Eu *não* sei! Neste momento, me sinto muito confusa. Não sei se posso confiar mais nos meus malditos sentimentos. Continuo fazendo as escolhas erradas e me machucando sucessivamente.

Alex levantou do sofá e transferiu seu gato para o colo de Annie.

— Tome, segure o Sr. Mittens um minutinho. Você quer um pedaço de cheesecake com um pouco de morangos frescos?

— Dã... Precisa mesmo perguntar?

Gargalhando, Alex foi até a cozinha tirar o cheesecake da geladeira. Ele cortou dois generosos pedaços e depois lavou alguns morangos antes de cortá-los e organizá-los nos pratos. Então, colocou um garfo em cada um e levou a sobremesa de volta para a sala, colocando-a em cima da mesinha de centro. Annie devolveu o Sr. Mittens para ele antes de pegar seu cheesecake.

Depois de levar um pedaço à boca, ela gemeu de prazer.

— Mmm, *cheeeeesecake*...

— Praticamente melhor do que sexo, não é?

— Teria que tirar no cara e coroa para ter certeza — ela respondeu. — Foi você quem fez?

— Sim.

— Deus, às vezes, eu realmente queria que você fosse hétero.

Alex bufou e lhe deu um sorriso diabólico.

— Você poderia não me aguentar, *Mami*. Talvez não conseguisse andar por uma semana.

— Isso facilitaria muito mais as coisas. Nós já gostamos muito das mesmas coisas, eu te acho sexy, e você também me acha...

— Acho, para uma mulher, querida. Mas, para mim, ainda está faltando uma peça muito importante de equipamento entre as suas pernas.

— *Argh*! Bem, tanto faz, isso é só um detalhe. Eu poderia usar um daqueles cintos, com um pênis preso, sabe? Acho que resolveria.

— Annie...

Ela riu e deu uma cotovelada em Alex.

— Estou brincando, estou brincando. Mas, caramba, você faz um cheesecake divino.

— Bem, se eu decidir virar hétero, você será a primeira mulher para a qual vou ligar — disse ele, sorrindo e acotovelando-a de volta. — Então, já decidiu o que vai fazer em relação ao Nate?

— Aff, não... Acho que vou deixar para pensar nisso amanhã.

— Provavelmente é uma boa ideia.

— Graças à terapia cheesecake e amigo.

— A qualquer hora, querida.

Capítulo 2

Annie tinha acabado de deitar a cabeça no travesseiro quando o celular tocou.

— Merda. Quem está me ligando a essa hora da noite? — ela murmurou, atrapalhando-se para pegar o celular que acabara de colocar na mesa de cabeceira. Apertando os olhos para a luz brilhante, ela viu que era Casey.

— Alô? — ela disse, tentando manter a voz casual.

— Alô, Annie. É o Casey.

— Ah, oi, como vai? — Ela se felicitou por ter conseguindo parecer fria e indiferente.

— Desculpe por ligar tarde. Espero não ter te acordado.

— Não, eu tinha acabado de deitar, e estava torcendo para pegar no sono.

— Ah... vou desligar para você dormir.

— Está tudo bem, posso conversar um pouco. O que você está fazendo? —Annie sentou-se por um momento e tentou ficar mais confortável, afofando os travesseiros atrás dela antes de se ajeitar com um suspiro suave.

— Estou só esperando uma carga de roupa secar e então tenho que terminar de arrumar a mala.

— A que horas você tem que estar no aeroporto para pegar o voo?

— Cinco e meia.

— Uau.

— Uau mesmo! Eu também não sou uma pessoa matinal — disse ele com uma risada.

— Por garantia, tome café primeiro; você vai ficar bem.

— Saiba que até já programei a cafeteira.

Annie sorriu... Parecia que eles tinham algo em comum.

— Excelente! Não sei se eu poderia sobreviver sem a minha. Amo esse recurso.

— Funcionar sem cafeína de manhã é definitivamente um desafio para mim, então, no meu caso, é um salva-vidas, com certeza.

— A propósito, obrigada mais uma vez pelo café. Gostaria de retribuir o favor fazendo um jantar qualquer dia.

Casey gemeu.

— Seria incrível... Não tenho alguém que me faça uma refeição caseira há... tempos. Odeio ter que pegar um avião em poucas horas. Preferiria a sua oferta.

— É uma droga que acabamos de nos conhecer e agora você está indo embora. — Ela fez beicinho.

— É verdade. *Timing* de merda... mas eu volto, e também vamos nos falando pelo telefone... muitas vezes, eu prometo. A propósito, você poderia me dar seu sobrenome e endereço. Não estou tentando ser um perseguidor assustador, mas pensei que, se eu quiser te enviar um cartão postal ou algo parecido, seria bom tê-lo.

— Ahhh, que encantador. Claro, você tem uma caneta?

— Sim, pode falar.

Annie informou que seu sobrenome era Chang e lhe passou o endereço, fazendo-o repetir.

— Aí... Agora você entendeu. E você, senhor? Tem um sobrenome?

Ele riu.

— É Jackson.

— Jackson, hein? Então você é um CJ?

— Sim.

— É assim que seus amigos te chamam? A maioria dos CJ's é inteligente, educado e bom conselheiro.

— Sim, muitos deles são. Mas nem todos. De qualquer forma, já te ocupei por muito tempo, agora vou te deixar dormir. Só queria ouvir a sua voz antes de ir para a cama.

Ela não pôde deixar de sorrir.

— Bem, estou feliz por você ter ligado. Quando será seu primeiro show na turnê?

— Depois de amanhã.

— Nossa! Eles não dão moleza lá não, né? É tudo ou nada?

Casey riu.

— É, sim, mas é legal. Já estou acostumado com isso. Vai ficar tudo bem.

— Tenho certeza de que você será ótimo.

— Obrigado. Durma bem, princesa.

Ela riu com o termo carinhoso.

— Você também. Boa noite. — Colocando o celular de volta na mesa de cabeceira, ela arrumou os travesseiros e voltou para debaixo da coberta, sorrindo feliz enquanto olhava para o teto escuro. Em poucos minutos, ela estava à deriva de forma pacífica em um sono sem sonhos.

Naquela sexta-feira à tarde, Annie estava voltando do almoço depois de ter comido no café da rua ao lado do trabalho, quando sua amiga Katie mandou uma mensagem de texto.

Katie: *Oi, mulher... quer ir jantar comigo hoje à noite, tomar uns coquetéis? Eu pago.*

Annie: *Claro. Quando e onde? Está tudo bem?*

Katie: *20:00h. Laurel Tavern. Tá sim, só preciso do seu conselho em algumas coisas.*

Annie: *Ok, legal... Combinado! Te vejo lá.*

Saindo do distrito de Studio City e indo para casa, Annie correu para trocar de roupa e retocar a maquiagem e o cabelo, antes de voltar para o carro e sair em direção ao bar. Achando uma vaga na rua, ela estacionou rente ao meio-fio. Ao entrar no barzinho, ela imediatamente viu Katie sentada a uma mesa perto da janela. Sua amiga levantou para cumprimentá-la com um abraço e um beijo nas bochechas antes de exclamar quão linda ela estava. Annie devolveu o elogio, e depois ambas sentaram e pegaram o cardápio.

— Deus, a comida daqui é tudo de bom — Annie gemeu. — É tão difícil escolher.

— Ah, eu sei, esse lugar assassina a minha dieta, mas não consigo evitar. Eu preciso comer o fondue de chouriço daqui pelo menos uma vez a cada dois meses.

— O hambúrguer Laurel é um absurdo... Nunca comi outro que rivalizasse com ele em toda Los Angeles, e olha que moro aqui desde que nasci e não é pouca coisa, porque já comi muitos hambúrgueres bons nessa cidade.

— Boa noite — uma voz as interrompeu. As meninas olharam para cima e viram um cara olhando de soslaio para elas com um sorriso assustador. Annie não gostou de seu estilo yuppie e tom arrogante. — Como estão essas duas lindas senhoras e o que vão fazer esta noite?

Annie e Katie trocaram olhares com as sobrancelhas levantadas.

— Uh, estamos bem, obrigada — disse Katie em tom de desprezo antes de olhar para o cardápio. Annie deu um leve sorriso para ele antes de inclinar a cabeça e voltar o olhar o cardápio, mas ele continuou.

— Posso pagar uma bebida para as duas moças bonitas?

Katie revirou os olhos e o encarou.

— Não precisa, nós não aceitamos bebidas de estranhos.

— Bem, eu não seria um estranho se vocês me deixassem sentar e conversar um pouco.

Annie falou pela primeira vez.

— Senhor, sinto muito e com certeza apreciamos a sua generosa oferta, mas a minha amiga aqui realmente precisa de um pouco de privacidade essa noite porque acabou de ser abandonada pelo namorado, que, ao que parece, está com gonorreia, e a deixou com esse presente de adeus.

Katie soltou um baixo silvo de respiração e a chutou debaixo da mesa, mas estampou um sorriso no rosto, se virou para o homem que parecia surpreso e lentamente começava a voltar para o bar.

— É verdade, infelizmente. Triste, não?

— Minhas condolências — ele murmurou em uma expressão enojada, enquanto retornava ao seu banco alto do bar.

Sem conseguir evitar, Annie riu.

— Uau, se esse cara pudesse, sairia daqui voando quando soube que você tem uma doença sexualmente transmissível.

— É verdade. *Obrigada* por isso — Katie disse secamente. — Mas o lado bom é que nos livramos dele rapidinho. Porém, da próxima vez, é você quem vai ter a DST.

Rindo, Annie concordou.

— Claro, tudo bem. Nada mais justo. Então, você vai pedir o fondue de chouriço?

— Claro, e também beterraba assada e burrata.

— Oh, meu Deus, tô até salivando! Vou acrescentar também uma porção de batata frita rústica. A gente pode dividir tudo.

— Pra mim, está ótimo — Katie concordou, então acenou para a garçonete para fazer os pedidos. Depois de pedirem os pratos e mais duas taças de vinho, Katie se virou para Annie e suspirou.

— Ah, me conte para o que você precisa do meu conselho — começou Annie.

Katie estudou as unhas por uns instantes antes de responder.

— Hum, sim... então... bem... humm, por onde começar?

— Cara, desembucha.

— Ok, mas não ria ou diga "eu bem que te avisei" ou o que quer que seja.

— Tudo bem, o que é?

Suspirando, Katie revirou os olhos e fez um gesto com as mãos.

— Não é nada, realmente. Eu só... criei contas no *OkCupid*, *E-Harmony* e *Match*.

As sobrancelhas de Annie dispararam para cima enquanto ela ria.

— Mentira! Sério? Você *está* tentando arrumar namorado on-line?

Katie balançou a cabeça, o olhar indo para um lado e para o outro a fim de ver se alguém as tinha ouvido.

— Estou, mas, *shhh*, não precisa todo mundo ficar sabendo da minha vida.

— Tudo bem e aí? Alguma sorte até agora?

— Primeiro de tudo, tenho que dizer que tem um monte de gente detestável nesses sites, e é como você me disse: tem que catar bem no meio de um monte de gente desagradável antes de encontrar um cara bom. Mas conversei com dois rapazes bonitos que parecem interessantes.

— Ah, é? E?

— E eu tenho um jantar com um dos rapazes amanhã à noite, e depois café com o outro no domingo à tarde.

Annie sorriu para ela no momento em que a garçonete trouxe as duas taças de vinho.

— Aqui está, senhoras — disse ela enquanto colocava a taça na frente de cada. Ambas murmuram em agradecimento e tomaram um gole.

— Bem, isso é ótimo! Fico feliz em saber que você está indo à luta.

— Eu também, mas nunca fiz isso antes. Quero me aconselhar com alguém. Você pode me ajudar?

— Ah, bem, eu não sou exatamente *expert* no assunto. Só conheci dois caras. Você tem fotos deles?

Katie balançou a cabeça e pegou seu celular.

— Aqui, vou te mostrar os perfis deles no Facebook. — Ela passou um momento percorrendo o aplicativo até encontrar o primeiro, em seguida, virou o celular para Annie para mostrar a foto.

— Uau! Ele é *bonitão*! — exclamou Annie.

— Eu sei. Mas parece bom demais para ser verdade.

— Por que você acha isso?

— Porque ele tem uma resposta perfeita para tudo.

— Talvez ele seja apenas um cara legal — Annie disse, mas não pôde deixar de bufar.

— Viu? Você também acha que tem algo estranho nisso.

— Talvez... eu não sei, não sou a pessoa certa para perguntar. Ainda me sinto um pouco cansada disso.

— Bem, de qualquer forma, vou dar uma chance e conhecê-lo, mas estou com um pé atrás com esse cara.

— Acho que é natural você se sentir assim no começo. Mostre-me o outro cara.

Katie procurou o outro perfil e mostrou a Annie.

— Esse não é tão bonito quanto o primeiro, mas me faz rir, e parece que se veste bem e se cuida.

— Sim, definitivamente não é tão bonito quanto o primeiro, mas não é ruim. De qual você gosta mais nesse momento?

— Bem, se o primeiro cara estiver sendo sincero e não apenas um jogador me dizendo tudo o que quero ouvir, ele com certeza. Mas ainda estou cética.

— Para onde ele vai te levar?

— Cuba de Ásia, no Mondrian.

— Legal... Que chique! — Annie balançou a cabeça, aprovando a escolha.

— É mesmo! A comida de lá é incrível.

— Você é muito refinada. Vocês vão dançar no Skybar depois do jantar?

— Esse é o plano, a menos que eu precise fazer uma saída estratégica se o encontro for ruim.

Annie riu.

— Eu preciso te ligar em determinado momento para verificar se você precisa de uma desculpa para sair?

— Oh, Deus, sim, você se importaria? — Katie aproveitou a oferta da Annie.

— Claro que não! Que horas?

— Ligue por volta das dez.

— Pode deixar.

— Eu te amo, você é a melhor.

— Precisa que eu ligue durante o encontro do café também?

Katie balançou a cabeça.

— Não, esse não é um compromisso que me levará muito tempo. Não estou preocupada com ele. Obrigada, apesar de tudo.

A comida chegou logo em seguida, e, em silêncio, ambas atacaram o fondue de chouriço.

— Oh, meu Deus, você não estava brincando sobre isso — Annie disse, gemendo baixinho enquanto apreciava o prato.

— Eu sei. É divino, né? — Katie já estava mergulhando seu segundo pedaço de pão no creme.

— Mmm — Annie gemeu ao levar um pedaço à boca.

— Então, chega de falar de mim. Me fale de você. A última coisa que ouvi foi que um babaca te abandonou no karaokê.

— Depois de me foder no banheiro.

Katie piscou para ela.

— Uau, o quê? Summer deixou essa parte de fora.

— É porque ainda não contei a ela.

—Por quê?

— Não quero ouvir sermão sobre promiscuidade, o que tenho certeza de que ela teria me dado. Já tenho sido infeliz o suficiente sobre isso. Não preciso da ajuda de ninguém para me fazer sentir pior.

— Espero que você saiba que não te julgo pelo que fez. Eu sempre vou te apoiar, amiga. Todos nós cometemos erros.

— Eu sei... e obrigada, fico feliz por ouvir isso — disse Annie, tomando um gole de vinho.

— Mmm, experimente a batata no fondue. — Katie deu uma grande mordida na batata depois de mergulhá-la no molho e fechou os olhos de prazer.

— Vou ter que passar um tempo extra na academia amanhã.

— Mmmhmm, mas agora estou curtindo bastante isso aqui! Então, ele te abandonou no karaokê e você não soube mais nada dele?

— Até ontem à noite, quando ele me enviou uma mensagem de texto dizendo que queria me pedir desculpas, não.

— É *melhor* mesmo ele se desculpar! — Katie respondeu, sentindo-se indignada por Annie.

— Bem, ele pediu. Veio até a minha casa e explicou o que aconteceu.

— E qual foi a desculpa?

— Algo sobre sua madrinha ter uma queda por ele e, portanto, estava tentando sabotar o relacionamento que estávamos desenvolvendo.

— Ah, inferno, não!

— É. Então o ouvi e disse que precisava pensar.

— Por quê? Ele pediu outra chance?

— Pediu.

— Ele quer um pouco mais do seu corpinho! — Katie riu e Annie revirou os olhos.

— Deve ser, porque foi tão incrível da primeira vez, que ele fugiu sem me dizer nada.

— Ah, bem, talvez tenha sido tão incrível que você o deixou sem palavras! — Katie brincou, fazendo Annie sorrir e sacudir a cabeça em resposta. — Então, você vai dar outra chance?

Annie mordeu o lábio pensativamente por um momento.

— Eu não sei. Ele definitivamente é atraente e sexy, e pensei que ele fosse um cara muito legal até aquela noite. Mas Casey é tão atraente e sexy quanto, se não mais, e parece ser um cara legal. Ele não quebrou o meu coração, ainda, e meio que quero ver onde isso vai dar, antes de eu ferrar com tudo, saindo com outro homem ao mesmo tempo.

Balançando a cabeça, Katie limpou a boca com o guardanapo e afastou o prato.

— Deus, não aguento comer mais nada. Vou explodir.

— Nossa, eu também. — Annie afastou o prato e acariciou a barriga cheia. — Apesar de estar gostoso. Delicioso e pecaminosamente gostoso.

— Bem, você ainda não tem que dar uma resposta ao Nate, certo? Então, deixe-o se contorcer um pouco e veja como as coisas serão com Casey. Tire um tempo para pensar sobre isso.

— Eu sei, você está certa. Acho que só estou ansiosa para resolver essa coisa toda.

— Isso é porque é uma pessoa toda certinha, quer ter tudo organizado e no devido lugar.

— Não há nada de errado em saber onde algo está quando se precisa — Annie se defendeu.

— Não disse que está errada. Pronta para ir?

Annie assentiu e acenou para a garçonete, pedindo a conta.

— Bem, você tem que me dizer o horário dos seus encontros nesse fim de semana.

— Pode deixar... Ah, terminou que você não me disse: tem algum conselho para mim?

— Apenas tente relaxar e ser você mesma. E lembre-se: é só um encontro, sem obrigações para qualquer tipo de compromisso neste momento. Se você não sentir nada, apenas divirta-se enquanto estiver com ele e não o veja novamente — disse Annie com um sorriso.

— E você vai me ligar para ver se está tudo bem comigo durante o jantar, né? — Katie perguntou quando a garçonete trouxe a conta. Ela parou por um momento para pegar o dinheiro e colocá-lo dentro do porta-conta.

— Vou, prometo.

— Ok... Deus, estou nervosa.

— Você vai ficar bem — Annie a tranquilizou enquanto saíam do bar. — Obrigada por pagar a conta.

Virando-se para lhe dar um abraço rápido, Katie beijou sua bochecha.

— Obrigada pelo conselho. Tenho certeza de que vou te enviar mensagens de texto mais tarde para a aprovação da roupa.

— Sem problema. — Acenando, Annie se virou para ir para o lado oposto, enquanto Katie se dirigia em direção ao manobrista.

Sábado era dia de "trabalhos domésticos", como de costume. Quando ela voltou para seu apartamento com uma carga de toalhas de banho e rosto recém-lavadas, Annie viu o entregador da floricultura no portão da frente. Ele estava tentando segurar um grande buquê de flores multicoloridas embrulhadas em papel celofane rosa, um punhado de balões cor-de-rosa e vermelhos e um urso de pelúcia marrom, enquanto procurava o número no interfone. Ela se apressou até a entrada para ajudar o rapaz, mantendo o portão aberto para ele.

— Aqui, deixe-me segurar o portão para você.

— Obrigado — disse ele, parecendo aliviado.

— Qual apartamento você está procurando?

— Hum — disse ele, verificando sua prancheta —, apartamento 106.

— Oh! — disse Annie em tom de surpresa. — Sério? São para mim?

— Você é Annie Chang?

— Sim, sou eu.

— Então, sim, são para você.

— Legal, uhh... você se importa de trazer para dentro do apartamento para mim? Estou com as mãos cheias — disse ela, indicando o cesto de roupa.

— Sim, é claro. — O cara da entrega a seguiu até o apartamento, e ela abriu a porta e colocou a cesta de roupa no chão, em seguida, virou-se para pegar as flores, balões e urso de pelúcia. Ele a esperou colocar tudo em cima da mesa de centro da sala de jantar antes de lhe entregar a prancheta e apontar para um local no meio da página. — Só preciso da sua assinatura aqui.

Annie assinou e devolveu a prancheta, agradeceu e deu um aceno amigável antes de ele ir embora. Fechando a porta, ela foi direto para as flores e pegou o pequeno cartão que estava preso ao buquê, ansiosamente rasgando o envelope.

Oi, moça bonita,

Saí de L.A. esta manhã e já estou com saudade.

O nome do urso é CJ e ele pode te fazer companhia enquanto eu estiver fora.

Casey

Annie não conseguiu conter o sorriso que ameaçou dividir seu rosto ao meio enquanto lia e relia o cartão, em seguida, pegou seu celular e mandou uma mensagem para Alex.

Annie: *OMG, Casey acabou de me enviar flores, balões e um ursinho de pelúcia!*

Alex: Agora sim! É dessa forma que um homem deve tratar a garota que ele gosta.

Annie: *Né???*

Alex: Já agradeceu?

Annie: *Merda, não! Mandei uma mensagem para você primeiro, rsrs. Ok, falo com você depois, te amo! Bj!*

Alex: Bj!

Encontrando o número de Casey, ela começou a escrever uma mensagem de agradecimento.

Annie: *Bem, muito obrigada, senhor, pelas belas flores, pelos balões e pelo adorável urso de pelúcia. Pela primeira vez, não me sinto tão velha para ter bichinhos de pelúcia. ;) Foi super meigo da sua parte. Você ganhou muitos pontos. Tenha um ótimo show!*

Ela não esperava que ele respondesse imediatamente, mas seu telefone vibrou um minuto depois.

Casey: Oh, bem, já chegaram. ;) Espero que isso a console na minha ausência.

Sua escolha de palavras a fez pensar em Nate e seu ato de desaparecimento, fazendo com que ela hesitasse momentaneamente antes de mandar uma mensagem de volta. Casey era *não* Nate. Ela tinha que se lembrar disso.

Annie: *Um pouco. ;) Não precisava ter feito isso, mas obrigada.*

Casey: De nada. Bem, tenho que me preparar para o show. Tenha um ótimo resto de fim de semana, ok? Volto a falar com você em breve.

Annie: *Ok, boa sorte!*

Casey: Obrigado ☺

Annie passou o resto do dia em um extremo bom humor enquanto arrumava seu apartamento, deixando tudo limpo e organizado. Era por volta das dez da noite quando ela ligou para Katie para verificá-la, conforme tinham combinado. Felizmente para Katie, seu primeiro encontro estava indo surpreendentemente bem, então, depois de assegurar a Annie que ela ligaria de volta no dia seguinte, rapidamente desligou. Annie sentou-se no sofá, olhando pensativamente para o celular. Ela estava prestes a enviar uma mensagem de texto para Alex quando ele vibrou com uma nova mensagem na caixa de entrada; era de Nate.

Nate: Oi... desculpe, não quero te incomodar, e sei que disse para gastar o tempo que precisasse para pensar sobre tudo o que eu disse, mas apenas gostaria de saber se você quer caminhar comigo amanhã de manhã.

Annie hesitou por um momento antes de responder. Ainda indecisa sobre o que exatamente dizer a Nate, Annie percebeu que caminhar era uma atividade bastante segura e daria chance de eles conversarem. Se ela fosse considerar dar qualquer espécie de segunda chance, ele definitivamente teria que ganhar de volta a confiança dela. Nesse ponto, ela só não achava que seria uma decisão sábia prosseguir com qualquer coisa diferente de uma amizade platônica. Ela, agora, só tinha que dar a notícia a ele gentilmente. Achou também que seria um bom teste para ver se ele ainda a queria como amiga, sabendo que ela não estava interessada em nada romântico com ele, nesse momento.

Annie: *Caminhar... claro que podemos. Nos encontramos no Temescal Canyon às 10 horas?*

Nate: Perfeito. Mal posso esperar para vê-la.

Annie: *Vejo você amanhã.* ☺

38 AUDREY HARTE

Capítulo 3

O sol já estava implacável quando Annie estacionou numa rua próxima ao Temescal Canyon. Felizmente, quando estava em Pacific Palisades e perto da praia, havia a brisa fresca do oceano, o que a deixaria mais confortável para caminhar. Ela escondeu a bolsa no porta-malas depois de pegar a garrafa de água, chaves e celular. Nate tinha acabado de ligar dizendo que estava esperando-a na entrada.

Quando ela se aproximou da entrada do parque, viu que ele estava vestindo short cáqui na altura do joelho, uma simples camiseta branca, tênis bem gastos de corrida, óculos de sol e um boné de beisebol preto. Pelo menos ele sabia como se vestir adequadamente para uma manhã de caminhada. Ela estava usando calça de yoga preta com cinza e rosa, top de treino preto e rosa, tênis Nike, óculos de sol e o cabelo castanho curto em um pequeno rabo de cavalo. Como tinha cortado o cabelo recentemente, ela mal conseguiu prendê-lo de tão curto que estava.

— Oi — Nate disse quando Annie se aproximou.

— Olá — ela disse, dando-lhe um abraço. — Está pronto para andar na trilha?

— Lidere o caminho.

— Tudo bem. — Eles se viraram para começar a caminhar até a via. —

Demorou muito tempo para chegar aqui?

— Que nada. O tráfego não estava tão ruim e também me encontrei com um amigo para o café da manhã em Brentwood, então não foi tão distante.

— Ah, isso é legal. — Annie sorriu e acenou para um casal idoso que estava passando por eles. Nate também acenou e gentilmente lhes desejou um bom dia, e ela novamente se viu impressionada com suas boas maneiras. Se ao menos ele tivesse sido capaz de manter essas boas maneiras na noite do encontro no karaokê...

Quando chegaram ao início da trilha, Annie virou à esquerda e começou a caminhar. Os minutos seguintes foram de silêncio enquanto começaram a abrir caminho até uma descida íngreme. Quando chegaram ao final de uma das trilhas em ziguezague, ela abriu passagem para permitir que outras pessoas passassem enquanto fazia uma pausa para recuperar o fôlego e beber água. Nate não tinha trazido água, então ela ofereceu sua garrafa e ele tomou um rápido gole.

— Aqui é um bom lugar para caminhar. Ainda bem que você me falou daqui — disse ele, entregando a garrafa de volta para ela.

— É sim, eu adoro. A vista é espetacular — disse ela, apontando para o mar e as colinas em volta.

— Realmente, é.

— Pronto para continuar?

— Vamos — disse ele com um aceno e retomaram a subida. Quando chegaram a uma parte da trilha onde os arbustos estavam altos, formando uma espécie de túnel, Annie fez uma pausa por um momento e parou de lado.

— Eu amo esta parte. Meio que me lembra de um conto de fadas infantil... como se você estivesse andando por um caminho místico que leva a um castelo ou à cabana da bruxa.

— Percebi isso. É muito legal.

Annie deu um passo atrás e pegou o celular para tirar uma foto, depois que um grupo de pessoas passasse.

— Incrível... Adoro como a luz penetra pelo meio das folhas e projeta esses raios de sol no solo.

Eles continuaram a caminhar, mas Annie diminuiu o passo quando viu um pequeno grupo de pessoas na trilha, fazendo o que parecia ser uma sessão de fotos de um homem e uma mulher. À medida que se aproximou lentamente, percebeu que o casal sendo fotografado estavam praticamente nu. Só algumas folhas cobriam a virilha do homem, e a mulher também tinha folhas cobrindo a virilha e os seios.

Envergonhada e desviando os olhos, Annie murmurou "licença", enquanto rapidamente passava pela sessão de fotos. Nate, que estava logo atrás, soltou uma risada quando já estavam longe de serem ouvidos.

— Só aqui em L. A. mesmo.

Annie riu de seu comentário.

— Não é?

— O que foi aquilo, afinal?

— Acho que eles pensam que são Adão e Eva.

— Ah, bem capaz. — Nate riu novamente.

Quando finalmente chegaram em um mirante, o sol já estava alto no céu. Annie limpou o suor da testa com um braço e tomou outro gole de água antes de oferecer novamente a garrafa a Nate. Depois de tomar alguns goles, ele puxou a parte inferior da camisa para limpar a boca. A respiração de Annie ficou audível quando ela teve um vislumbre de seu abdome muito bem tonificado. Nate olhou-a por um momento, os olhos escurecendo enquanto soltava a camiseta, deixando-a cair de volta no lugar.

Tudo acontece no momento *Certo* 41

Dando um passo para a frente, ele enlaçou Annie pelo pescoço e a puxou para a frente, para beijá-la. Pega de surpresa, ela levou um momento para reagir, mas então o afastou, interrompendo o beijo. Dando-lhe um olhar triste, ela se virou e se afastou, parando a alguns centímetros da beirada. Fechando os olhos por um momento, ela inalou profundamente o aroma do oceano que vinha pelo vento. Quando os reabriu e olhou para a direita, viu que Nate se juntou a ela e estava olhando para o mar.

— Então, eu venho pensando bastante — disse Annie.

Seu olhar se virou para ela, o olhar penetrante em seu rosto.

— Certo... e?

Desviando o olhar, ela olhou de volta para o oceano e respirou fundo, hesitante em continuar, sabendo que iria magoá-lo com sua decisão.

— Olha, Nate... pensei bastante. Por mais que eu queira te dar outra chance, minha cabeça me diz que provavelmente essa é uma má ideia. Só não confio em você o suficiente para acreditar que você não vai fazer, de novo, algo parecido com o que fez comigo.

Nate permaneceu em silêncio, fazendo-a olhar para o lado, para ele. Seu olhar estava voltado para baixo, enquanto estudava o chão, mas ele balançou a cabeça. Ela podia ver seu pomo-de-adão subir e descer quando ele engoliu em seco.

— Eu entendo — disse ele, suavemente.

Suspirando, Annie pegou a mão dele na dela, dando um aperto suave.

— Olha, te acho um cara incrível, mas você obviamente ainda tem alguns problemas para resolver, e parece que ficar perto de mim não é uma boa influência para você.

Ele não respondeu, apenas assentiu novamente. Tentando aliviar seu humor sombrio, Annie bateu suavemente em seu ombro com o dela. Ele finalmente olhou para o lado e lhe deu um meio-sorriso triste antes de voltar a olhar para o oceano.

— Eu entendo, Annie, e você está certa. Sei que sou um trabalho em progresso, e você merece algo muito melhor do que isso. Claro que estou desapontado, mas entendo a sua decisão.

— Eu ainda gostaria que fôssemos amigos, apesar disso — ela disse, dando um sorriso esperançoso, mas Nate mal a olhou.

Annie tentou pensar em algo para dizer que acabasse com aquele olhar infeliz no rosto dele. Antes que pudesse falar, virou e lhe deu outro sorriso fraco, então acenou com a cabeça na direção da trilha.

— Quer continuar?

— Está tudo bem, não precisamos... — Annie disse, mudando de direção e começando a voltar pela trilha.

— Como quiser — Nate disse e a seguiu sem dizer outra palavra enquanto caminhavam de volta pelo caminho que vieram, passando pela sessão de fotos que ainda estava em pleno andamento.

Nate insistiu em caminhar com Annie até o carro, em seguida lhe deu um abraço caloroso. Antes de ela se afastar do meio-fio, ele se inclinou na janela do passageiro e deu outro sorriso triste.

— Obrigado por passar algum tempo comigo hoje. E, por favor, não se preocupe. Já superei situações piores antes. Você tem que fazer o que é melhor para você. Ah, e por falar nisso, ouvi dizer que há um novo concurso de talentos que estará fazendo testes no próximo fim de semana. Você deve se inscrever e arrasar com suas habilidades vocais.

Annie levantou uma sobrancelha e cantarolou pensativamente.

— Uau, é mesmo? Qual é?

— *The Next American Superstar*. Procure no Google. Lá tem todas as informações sobre as inscrições se você estiver interessada.

— Agradeço por me falar — ela disse com um sorriso. — Falo com você em breve.

Nate assentiu e saiu da janela, acenando enquanto ela dirigia pela rua. Olhando pelo espelho retrovisor, viu que ele permaneceu de pé onde estava, ainda observando-a, até ela finalmente desaparecer de vista.

Quando chegou em casa, Annie imediatamente correu para o banho. Ela ainda estava lavando o cabelo quando ouviu o telefone tocar. Rapidamente terminou e verificou a chamada não atendida, satisfeita em ver que era de Casey. Indo para o quarto, ela enxugou o cabelo e sentou na cama antes de retornar a ligação. O telefone tocou duas vezes antes de ele atender.

— Oi, linda, estava receoso de termos nos desencontrado.

Sorrindo, Annie deitou de costas na cama enquanto saboreava o som de sua voz.

— Não, eu estava no banho. Acabei de voltar de uma caminhada.

— Ah, bom, se divertiu?

— Muito. Além de um bom exercício, a vista é deslumbrante.

— Onde você foi?

— No Canyon Temescal.

— Muito bom! Lá é um dos meus lugares favoritos. Temos que ir juntos algum dia, quando eu voltar.

— Fechado. É um dos meus lugares favoritos também. Você tem show hoje à noite?

— Tenho, só fiz uma pausa para jantar antes de começar a me

arrumar. Mas ouça, te liguei por uma razão.

— Ah, é?

— É. Tenho uma pequena proposta para você.

— Humm, parece interessante. Conte-me mais.

— Bem, nós faremos um show em San Francisco daqui a duas semanas... — Ele fez uma pausa e pigarreou, fazendo Annie sorrir ao telefone por sua hesitação. — Então, pensei que se você não tiver feito planos para esse fim de semana... Estava meio que pensando se você talvez, quem sabe... possa estar interessada em ir.

Annie ficou em silêncio por um momento, sem saber se tinha ouvido direito. Casey continuou a divagar sobre o assunto nervosamente.

— Sim, eu estava pensando que talvez depois de sair do trabalho na sexta você pudesse voar até San Francisco e ficar comigo no meu hotel. Eu posso fazer um upgrade de quarto para uma suíte utilizando minha pontuação do AMEX, então teria um sofá onde eu posso dormir, se você preferir, ou você pode dormir abraçada comigo. Juro que serei um perfeito cavalheiro e não vou tentar nada. Podemos pedir um jantar tarde da noite após o show, e, no sábado, passamos o dia juntos até eu ter que voltar ao trabalho. Tenho credenciais para o show e bastidores do sábado à noite, então você pode ficar comigo e voar de volta no domingo um pouco depois do almoço. O que acha?

— Um, uau, eu uh... humm... bem, parece ser divertido.

— Olha, sei que você não me conhece muito bem, e me sinto mal por ter que sair da cidade quando estávamos começando a nos conhecer melhor, mas eu adoraria vê-la tão logo quanto possível, e ainda vou demorar um pouco até voltar a L.A.

— Eu entendo... só não estava esperando por isso.

— Eu pago a passagem e, se você se sentir desconfortável em algum momento, te coloco num voo de volta imediatamente, sem fazer perguntas.

— Não, não é isso. — Annie mordeu o lábio e olhou para o teto. — Só não sei se eu deveria. — A última coisa que ela queria era uma repetição da viagem a Phoenix, quando se permitiu ser cortejada e enganada ao pensar que tudo era perfeito e maravilhoso, só para ter seu mundo de pernas para o ar quando voltou para casa e descobriu que Gabe tinha reatado com a sua ex-namorada, grávida, e que eles iam se dar uma segunda chance.

— Por favor? Eu prometo que vai ser totalmente inocente. Pode ser que eu queira ficar um pouco abraçado com você, mas juro que vamos continuar vestidos.

Rindo, Annie sentiu uma sensação de calor crescer em seu ventre quando se deixou imaginar recebendo carícias de Casey... sem roupa.

— Hum, é uma oferta muito tentadora, gentil senhor, eu adoraria vê-lo dançar, e bem, *acho* que não seria tão ruim sair com você.

— Ai, essa doeu.

— Estou brincando. Seria ótimo passar um tempo com você, mas deixe-me pensar um pouco, ok? Posso te dar a resposta amanhã de manhã?

— Sim, claro. Você não vai se arrepender — prometeu ele, parecendo sincero.

— Humm, espero que não. Vou pensar com carinho.

— Isso é tudo que peço. Bem, está quase na minha hora, tenho que ir. Espero sua ligação amanhã.

— Prometo que será a primeira coisa que vou fazer.

— Ótimo! Até amanhã.

Depois de se despedirem e desligarem, Annie permaneceu deitada na cama. Ela enviou uma mensagem para Alex, falando sobre o convite de Casey.

Annie: *Casey acabou de me convidar para acompanhá-lo num fim de semana romântico em San Francisco.*

Alex: Phoenix parte dois?

Annie: *Aff, eu sei, mas espero que não! Ele jura que não vai tentar nada... só quer passar um tempo comigo.*

Alex: Ah, querida, isso é o que todos dizem, mas siga sua intuição e faça o que tiver que fazer.

Annie: *Você acha que sou estúpida por querer ir?*

Alex: Claro que não! Como eu disse, siga sua intuição, mas tome cuidado!

Annie: *Eu vou. Quando não sou cuidadosa??*

Annie: *Pensando bem, não responda. :P*

Alex: Ei, eu ia dizer...

Annie: *Tudo bem, bom, eu disse que ia pensar no assunto, mas acho que vou dizer sim.*

Alex: Legal, tenho certeza de que você vai se divertir. ☺

Annie: *Também acho. Estou um pouco paranoica... mas tenho um bom pressentimento sobre ele.*

Alex: Totalmente compreensível você se sentir paranoica agora, mas tente baixar a guarda, relaxar e se divertir.

Annie: *Ok, vou tentar.*

Alex: o.O

Annie deu uma risada do emoticon que ele a enviou, que dizia que estava com uma sobrancelha levantada e olhando incisivamente para ela, se ele estivesse fisicamente na frente dela.

Annie: *Rsrs, tá bom, eu vou.*

Alex: Deixe-me orgulhoso, querida.

Annie: *Ah, já ia esquecendo... Fui caminhar com Nate hoje e disse que não podia vê-lo por enquanto.*

Alex: Como ele reagiu?

Annie: *Bem, eu acho. Ele não ficou muito feliz com a minha decisão, mas não ficou com raiva ou qualquer coisa, a não ser dele mesmo, pelo que fez.*

Alex: *Bem, eu gostava dele, mas provavelmente foi melhor assim.*

Annie: *Sim... de qualquer maneira, ele também me disse sobre um novo concurso de talentos que estará fazendo testes no próximo fim de semana.*

Alex: Ah, é? Você vai se inscrever?

Annie: *Estou pensando seriamente...*

Alex: Acho que você deve sim! Vou com você para ficar na fila horas a fio. Podemos cantar nossas músicas favoritas e todos na fila podem se juntar a nós. Vai ser como se fosse o nosso próprio episódio de *Glee*.

Annie: *Rsrs, tudo bem, se eu decidir ir, com certeza vou aceitar a oferta. Posso precisar do seu apoio moral.*

Alex: É isso aí, é só me avisar.

Annie: *Ok, pode deixar. Obrigada por ser solidário.*

Alex: Como se você não fizesse o mesmo por mim.

Annie: *É verdade, mas eu provavelmente não falo o suficiente. Obrigada por ser um ótimo amigo.*

Alex: Da mesma forma, querida! É o amor!

Annie: *Te vejo no jantar.* ☺

Animada agora que tinha tomado sua decisão, Annie ligou para Casey logo que ligou a cafeteira na manhã seguinte.

— Oi, linda — ele disse, atendendo no primeiro toque.

— Bom dia... Você parece realmente acordado.

— Bem, só dormi por quatro horas, e me enchi de café.

— Liguei meu café um minuto atrás, então ainda estou acordando. De qualquer forma, pensei sobre a sua... proposta... e já me decidi. — Ela se calou, fazendo suspense.

— Mmmhmm?

— Tudo bem — ela disse, sorrindo ao telefone.

— Tudo bem? Tipo, você vem?

Annie gargalhou e concordou.

— Tudo bem, tipo eu vou.

— Que maravilha, Annie. Estou ansioso para te ver. Me envia uma mensagem com seus dados para eu reservar seu voo.

— Ah, quanto a isso, fica tranquilo, posso pagar minha passagem — ela o assegurou.

— De jeito nenhum, eu insisto. Você está vindo a meu convite. Eu vou pagar.

— Sem discussão. Eu pago ou não vou.

— Nossa, você é uma mulher teimosa.

— Eu já fui chamada de coisa pior.

— Tudo bem, mas todo o resto é por minha conta enquanto estiver comigo, está bem? Sem discussão. Você paga somente a passagem.

— Combinado. Bem, tenho que começar a me arrumar para o trabalho... Só queria te dar a minha resposta.

— Sim, também tenho que ensaiar agora. Tenha um ótimo dia de trabalho e talvez nos falamos mais tarde, à noite.

— Ok, ótimo. Falo com você mais tarde.

Quando desligou o celular, Annie não conseguia parar de sorrir enquanto ia dançando para o banheiro. Por alguma razão, lhe veio à cabeça *Man, I Feel Like a Woman*, da Shania Twain, que ela cantou em voz alta enquanto tomava banho.

A vida estava finalmente começando a sorrir para Annie. Ela tinha um possível teste chegando e, então ia para San Francisco na semana seguinte ver Casey dançar e passar um tempo com ele. Ele tinha mencionado abraçá-la e ela já estava completamente ansiosa por isso. Levando em conta suas habilidades de abraçar apertado, ela estava bastante animada para estar nos braços dele.

Capítulo 4

Já era terça-feira à noite quando Annie se lembrou de contar a Casey sobre os testes na próxima semana para um show de talentos. Ela estava com ele ao telefone depois de chegar em casa do trabalho, e grata por ele ter a noite de folga, o que lhes permitiu, finalmente, ter uma conversa mais longa do que a habitual. Na verdade, foi Casey que a fez lembrar quando mencionou que seu amigo o havia ligado naquela manhã para ver se ele poderia conseguir uma rápida viagem, de um dia, de volta para L.A. para fazer o teste com um grupo de dança do qual ele costumava participar.

— Ah, vai haver um novo show de talentos na TV chamado *The Next American Superstar*, e haverá testes no próximo fim de semana.

— Ah, sim, eu soube. Na verdade, estou até pensando em fazer o teste.

— Sério? Fantástico! Você deve ir mesmo. — Casey parecia animado por ela.

— Você vai voltar para fazer o teste com eles?

— Acho que não vou conseguir. Eu adoraria, mas tenho show na sexta e no sábado à noite. Duvido que haja alguma maneira de eu conseguir estar aí, sem contar que ainda tenho que ver voo e conciliar os horários de ida e volta. A que horas tem que estar lá no sábado de manhã?

Annie puxou o laptop para ver na internet.

— Espere um minuto, estou verificando no site. — Ela navegou pela página por um minuto antes de encontrar o que estava procurando. — Hum... acho que começa às cinco horas.

— Ai... então sim, eu teria que virar a noite e pegar um voo logo após o show e encontrar os caras na fila, torcendo para chegar lá antes da vez deles. E então eu teria que voltar pra cá no primeiro voo, depois que terminar a apresentação. Só espero chegar a tempo ou vou perder meu lugar na turnê.

— E quanto a ensaiar? — ela perguntou, curiosa. — Você não precisa praticar com eles antes do teste?

— Temos várias coreografias ensaiadas, então não, isso não seria problema.

— Não seria emocionante se você conseguisse passar no teste? E se nós dois chegarmos às finais?

— Nossa, seria espetacular. Então, o que você vai cantar?

— Bem, ainda estou na dúvida se vou fazer o teste.

Casey riu.

— Ah, qual é, vai se acovardar?

— Não, para, vai! Eu não sou covarde. Só... ainda não sei. — Annie levantou do sofá e começou a andar nervosamente pela sala de estar.

— O que você tem a perder?

— Nada, só...

— Acho que você está arrumando desculpas, isso sim.

Revirando os olhos, ela acenou com a mão livre em frustração.

— Argh, não estou dando desculpas. Estou pensando seriamente nisso, mas não me decidi ainda.

— Você não tem nada a perder — Casey disse com naturalidade.

— Nossa, você é persistente. Olha, provavelmente eu vou. Acho.

— Certo, tudo bem. Vamos apenas dizer que, hipoteticamente, você decida fazer o teste. O que vai cantar?

— Bem, sou do tipo que gosta de Gin Wigmore e a tenho escutado muito ultimamente. Estava pensando em cantar algo dela... ou talvez Duffy. Só não quero fazer Adele porque *todo mundo* canta ela. — Annie voltou a olhar o laptop para procurar a letra de *Black Sheep* cantada por Gin Wigmore.

— Todas elas são boas, e também concordo que Adele e Duffy já estão cansando... Gosto da ideia de Gin Wigmore. Cante algo dela. Adoro a voz dela.

— Eu também! É muito sexy.

— Você é muito sexy.

— O quê? — Annie riu, suas bochechas começando a queimar quando percebeu o que Casey tinha acabado de deixar escapar.

— Eu não disse nada.

— Sim, você disse. Disse que eu sou muito sexy.

— Não, não disse.

— Sim, disse.

— Está bem, acho que disse.

— Bem, obrigada. E você também é. — Annie tinha certeza de que seu sorriso estava prestes a dividir seu rosto ao meio.

— Ah, vai. Você só está dizendo isso porque eu disse primeiro — disse Casey, em tom de quem estava fazendo beicinho.

Ela riu.

— Não, não, é verdade. Você é realmente muito sexy.

— Sexy como o sexy do Usher?

— Sexy como o sexy do *Magic Mike*. — As palavras saíram antes que ela pudesse detê-las.

— Já ouvi isso antes.

— Sério? Você quase poderia ser o sósia dele, especialmente quando usa aquele boné de beisebol vermelho.

Rindo, Casey fez uma pausa e pigarreou.

— Ah, não! Agora nem sei se algum dia voltarei a usar esse boné novamente. E ele é o meu favorito.

— Por que não? Adoro você com ele.

— Ah, é?

— Claro! Ele te deixa o sexy do Casey, que é dez vezes melhor do que sexy do *Magic Mike*.

— Agora você está tentando me deixar encabulado.

Annie riu enquanto revirou os olhos, se remexendo no sofá para ficar numa posição mais confortável, e colocou uma almofada debaixo do pescoço.

— E está funcionando?

— Você bem que gostaria de saber. Então, por que não canta um pouco da música que você vai usar no teste, pra mim?

— O quê? Agora?

— É, agora.

— Ahh... hum... sério? Tipo, nesse exato momento? — Sentindo-se pressionada, Annie hesitou e respirou fundo, tentando pensar numa desculpa para não cantar para Casey.

— Sim, vamos, é só cantar. Como é que você será capaz de fazer o teste no fim de semana se não consegue sequer cantar pra mim, no telefone?

Mordendo o lábio, ela enfiou o travesseiro na cara e gemeu. Ela sabia que ele estava certo, mas ele a fazia se sentir nervosa. E se ele odiasse sua voz? Mesmo que não gostasse, ela imaginou que ele provavelmente não diria nada para ferir seus sentimentos.

— Está bem, está bem. Me dê só um minuto. — Levantando, Annie foi direto para a cozinha e pegou uma garrafa de água da geladeira.

— Estou esperando...

— Paciência! Tive que pegar água.

— Cara, você é a rainha das desculpas, né?

— Cala a boca. — Depois de tomar um gole de água, ela colocou o celular no balcão e ativou o viva-voz. Respirando fundo, Annie começou a cantar a primeira estrofe de *Black Sheep*, da Gin Wigmore. Ela estremeceu quando ouviu sua voz desafinar um pouco, mas, quando entrou no refrão, se soltou e começou realmente a cantar. Quando terminou, Annie cautelosamente pegou o celular de volta e desligou o viva-voz.

— Ok, pronto. Está feliz agora?

— Annie... isso foi incrível.

— Ah, para, vai!

— Não, é sério. Foi muito bom.

— Sei... desafinei totalmente na primeira estrofe.

— Não importa. Você cantando tem uma voz muito sexy. Adorei esse som grave.

Corando, Annie não conseguiu deixar de sorrir.

— Bem, obrigada.

— É sério, você cantou super bem... Só continue ensaiando essa música, que acho que você vai surpreender a todos.

— Você realmente acha isso?

— Não sou nenhum expert quando se trata de cantoras, mas fui dançarino reserva de algumas e consigo identificar a qualidade, e você definitivamente tem uma voz de qualidade. Agora, a única coisa que gostaria de sugerir é que você tenha uma música reserva ensaiada, ou talvez duas, no fim de semana.

— Essa é uma boa ideia. Obrigada pela dica.

— Sem problema. Bem, preciso desligar, alguns dos outros dançarinos querem sair para beber, mas te ligo amanhã à noite. Pense em algumas outras músicas que você goste, para ser reserva. Quero que as cante pra mim.

— Ugh, sério? Tenho que cantar mais?

— Com certeza, tem.

— Ok, acho que vou ser obrigada.

— Ótimo. Espere um segundo. Tem alguém na porta.

Houve um momento de silêncio e Annie presumiu que Casey foi atender a porta. Só então, ela ouviu uma mulher ao fundo.

— Estão todos nos esperando — lamentou a voz petulante, fazendo com que as sobrancelhas de Annie se erguessem. — Veste uma roupa pra gente ir.

— Está bem, já vou — Casey prometeu à mulher, antes de retornar ao telefonema. — Bom, sinto muito, mas tenho que ir.

— Uh... quem era?

— Ah, era a Kelli, uma das dançarinas que vai sair com a gente.

— E ela acabou de te ver nu?

Casey riu.

— Não, eu não estou nu. Tinha acabado de sair do banho quando te liguei e ainda não coloquei a camisa. — A imagem que suas palavras evocaram à sua mente foram mais do que massivamente atraente, e ela estremeceu ao imaginar o que faria se estivesse lá com ele. Mas isso não a distraiu totalmente de pensar sobre o fato de que esta Kelli acabara de vê-lo assim, ao vivo e a cores, e não ela. De repente, o fato de que ele estaria em turnê nas próximas semanas assumiu um novo significado.

— Humm, tudo bem, bom... divirta-se. Acho que nos falamos mais tarde.

— Obrigado, e lembre-se, vou estar esperando pelas canções extras.

— Certo. Boa noite.

— Noite, princesa.

A linha ficou muda e Annie ficou olhando estupidamente para o celular. No que ela acabou de se meter? Não queria se sentir insegura e se preocupar com o que ele poderia fazer com outras mulheres que acabou conhecendo durante a turnê. Eles não estavam juntos em um relacionamento sério. Mesmo tendo manifestado interesse em levá-la a um encontro quando voltasse à cidade, ele não tinha obrigação de permanecer fiel a ela. Sua intuição lhe dizia que ele não era o tipo de homem que faria isso, mas a experiência lhe dizia o contrário, que ele podia fazer o que bem entendesse. *Merda de vida!* As semanas seguintes seriam inferno.

Quando Annie chegou em casa do trabalho na quarta-feira à noite, correu até o YouTube e começou a procurar diferentes músicas que pensou serem boas para o teste. Após uma longa e cuidadosa deliberação, ela finalmente se decidiu por *Stay*, cantada por Rihanna, e *Free*, por Haley Reinhart.

Ela interpretou as canções repetidas vezes enquanto trabalhava em memorizar as letras, e ainda as gravou para que pudesse ouvir e ver o que precisava mudar para melhorar. Até estar prestes a ir para cama, ela sentiu que as duas músicas estavam bem dominadas, e, com um pouco mais de ensaio, estaria mais do que pronta para o teste no sábado.

Cantarolando, Annie refletiu sobre a última vez que tentou fazer algo por sua carreira como cantora. Assim que terminou o ensino médio, ela tinha comparecido a alguns anúncios do *LA Weekly* e até se juntou a uma banda por alguns meses. Mas, mesmo gostando do pessoal do grupo, ela não se encaixou no estilo de música deles, e acabaram se separando antes mesmo de fazerem uma apresentação juntos.

Ela compareceu a outro anúncio do *LA Weekly*, publicado por dois rapazes que se diziam produtores. Eles ficaram mais do que felizes em trabalhar com ela na gravação de uma demo... por um preço. Depois de terem discutido e negociado, ela optou por fazer duas canções — ambas originais, mas uma escrita por eles e a outra por ela. Várias centenas de dólares e algumas sessões de gravação mais tarde, ela tinha sua primeira demo. Foi difícil, mas ela ficou muito orgulhosa de ter dado esse passo em direção à carreira de seus sonhos.

Infelizmente, o emprego diário de Annie foi um empecilho para que ela corresse mais arduamente atrás de seu sonho como gostaria. Chegou a pensar seriamente em fazer testes para competições de talento no passado, mas, quando considerou o que tinha que fazer para correr atrás da oportunidade, acabou mudando de ideia. Um emprego estável era necessário para pagar o aluguel, as contas e manter uma casa.

Embora seus pais tivessem uma vida confortável, eles não eram ricos. E sempre ensinaram a ela e à irmã que deveriam ser adultas responsáveis e independentes, para não precisarem de nenhuma ajuda deles. "Ser cruel para ser gentil", seu pai costumava dizer.

Muito provavelmente, eles teriam que deixá-la voltar a morar com eles, se precisasse parar de trabalhar para competir, mas ela valorizava sua independência e adorava morar sozinha. Até agora, ela não se sentia forte o suficiente para fazer o sacrifício e arriscar. Mas, com tudo que aconteceu recentemente, Annie queria mais do que nunca ter as rédeas da própria vida para tentar fazer algo acontecer.

Quando olhou para o relógio, percebeu que Casey não tinha voltado a ligar. Franzindo a testa, ela verificou seu celular, mas não tinha chamadas não atendidas. Então, escovou os dentes e se aprontou para ir para a cama, debatendo internamente se deveria tentar ligar para ele ou apenas ir dormir. No curto espaço de tempo que se conheciam, ela já havia se acostumado a falar com ele todas as noites.

Finalmente, ela decidiu ligar, prendendo a respiração enquanto o esperava atender. O telefone tocou uma vez e depois foi direto para a caixa postal. Um pouco atordoada, Annie olhou para o celular na mão, a testa enrugada em desolação. Ele ignorou sua ligação? Ela desligou sem deixar recado e se questionou se deveria tentar ligar novamente e deixar recado na caixa postal, ou se deveria enviar uma mensagem de texto.

Decidindo por nenhuma das opções, Annie colocou o celular na mesinha de cabeceira e deitou. Ela se inclinou para desligar a luminária, se aconchegou de volta na montanha de travesseiros macios e, então desejou que o sono viesse rapidamente. Mas seria fácil demais, e dormir não foi fácil.

Capítulo 5

O alarme pareceu mais alto do que o habitual quando tocou na manhã seguinte. Annie tinha posto uma hora mais cedo, por ter decidido que precisava voltar à academia antes do trabalho. Se ela ia levar o teste a sério, tinha que começar a se preparar para algumas possibilidades reais. Dizem que as câmeras engordam quatro quilos, então ela estava determinada a perder pelo menos isso. Era hora de se tonificar e entrar em forma.

Quando chegou, ela se dirigiu logo para as esteiras e fez uma leve caminhada de dez minutos para aquecer antes de mudar para os pesos. Acima de tudo, ela queria tonificar os tríceps. Malhando até suar e concentrada no esforço de seu corpo, ela se permitiu desanuviar a mente por um curto período de tempo, mas, assim que saiu da academia, voltou a se perguntar por que Casey ainda não tinha ligado.

Sabendo que estava sendo ridícula, Annie balançou a cabeça para se livrar do pensamento e se dirigiu ao carro. Jogando a toalha de mão e meia garrafa de água vazia no banco do passageiro, ela deslizou para dentro e fechou a porta antes de dar partida, então ligou o som e aumentou o volume, ouvindo Justin Timberlake. O som de JT tinha o poder de acalmá-la e fazê-la se sentir melhor; ele era o único homem em sua vida que nunca a decepcionava.

Como sempre, o dia se arrastou enquanto estava no trabalho. Sentia-se distraída e não parava de olhar o relógio para verificar a hora. Foi, de longe, o dia mais improdutivo que ela teve em muito tempo.

Quando chegou em casa, à noite, pensou em ligar novamente para Casey, mas imediatamente se repreendeu e começou a trabalhar nas músicas de seu teste. Ela ligou para Alex, chamando-o para vir na sua casa para ouvi-la e dar sua opinião crítica. Depois de cantar três músicas, ele foi honesto e apontou as partes que achava que ela precisava melhorar, mas, no geral, aprovou as músicas escolhidas.

Ela estava escovando os dentes antes de dormir quando se lembrou de que desativou o toque do celular e o guardou. Retirando-o da gaveta do criado-mudo, ela verificou se tinha ligações não atendidas. Casey tinha ligado duas vezes e deixado uma mensagem de voz.

— *Ei, sou eu. Desculpe não ter ligado de volta ontem à noite. Acabamos saindo para beber e comemorar o aniversário de uma pessoa e voltamos quase três da manhã, no meu horário. Achei que você já devia estar na cama e não quis te acordar. Espero que você esteja ensaiando suas músicas para a audição. Mal posso esperar para ouvi-las. Me ligue, se quiser. Ainda vou ficar acordado por mais ou menos uma hora. Caso não ligue, tenha uma boa noite.*

Annie verificou a hora da ligação e fez beicinho. Ele ligou quase duas horas antes, e ela tinha certeza de que agora ele estava dormindo, então decidiu enviar uma mensagem. Dessa forma, se ele ainda estivesse acordado, poderia ligar de volta, ou, se já estivesse dormindo, ela não o perturbaria.

Annie: *Oi, desculpe pela demora da resposta. Coloquei o celular no silencioso enquanto ensaiava. Tenho certeza de que a essa hora você provavelmente está apagado, então talvez nos falemos amanhã. Bons sonhos.*

Surpreendentemente, Casey ligou imediatamente, no exato momento em que ela sentava na cama para deitar.

— Olá, te acordei? — Annie perguntou ao atender o celular no primeiro toque.

— Não, eu estava deitado na cama, pensando.

— Ah, tá, que bom. Estava pensando em quê?

— Em você.

Corando, Annie sorriu.

— Ah, sério? O quê, sobre mim?

— Bem, estava esperando te ouvir cantar de novo, e sobre o que eu quero fazer com você na sua visita, semana que vem.

— Ha, pensei que você fosse dormir no sofá, se eu quisesse.

Casey riu.

— Uau, menina, que mente suja. Eu estava falando sobre quais atividades, do tipo não sexuais, poderíamos fazer.

Annie corou de novo, mas desta vez de constrangimento.

— Ah, tá. Bem, eu sou fácil. Qualquer coisa que você quiser fazer comigo vai ser ótimo. — Silenciando, ela fez uma careta, percebendo o duplo sentindo na frase.

— Uhh, o que você disse?

Annie riu.

— De alguma forma, eu já estava imaginando o que você diria.

— Desculpe, não consegui resistir. De qualquer forma, eu estava pensando em te levar a Chinatown, e então, talvez, no Fisherman's Wharf.

— Claro, parece ser divertido.

— Legal. Então, posso ter a minha serenata agora?

— Claro, por que não? — Ela respirou fundo. — Ok, então, para minha primeira música de reserva, decidi cantar uma da Rihanna que ouvi recentemente no rádio. Tem um excelente poder vocal.

— Ótimo, quero ouvir.

Desta vez, Annie conseguiu começar a cantar para ele sem se sentir tão nervosa. Conforme cantava cada frase, sentia-se relaxar ainda mais e entrar realmente no espírito da música. Quando terminou, ficou radiante. Era tão bom cantar outra vez... e fazer algo de positivo para si mesma.

— Uau, foi incrível. Sei que a canção e você fazem jus. Os juízes seriam loucos se não te enviassem para a próxima fase. Na verdade, seria bom você considerar a Rihanna ao invés da Gin Wigmore, e fazer da música da Gin uma das suas reservas.

— Você acha? — Annie soou um pouco cética. Ela não sabia se seria bom cantar uma música mais lenta no teste inicial. Poderia ser uma coisa boa ou ruim, dependendo do caso.

— Sim, acho.

— Bem, tem outra música que venho ensaiando.

— Ah, é. E de quem é?

— Haley Reinhart.

— Humm, nunca ouvi falar.

— Ela foi a terceira colocada na décima temporada do *American Idol*... tem um som meio blues na alma.

— Eu perdi essa temporada. Bem, claro, cante-a quando estiver pro... — ele tentou falar, mas um bocejo o interrompeu. — Uau, me desculpe. Quando estiver pronta.

— Oh, Deus, estou te segurando ao telefone. Vou te liberar.

— Não se preocupe comigo, sobrevivo com pouco sono. Vamos, princesa. Cante para mim.

Ela riu e respirou fundo.

— Ok. Aqui vai.

Rapidamente, ela mergulhou na música, não querendo mantê-lo no telefone mais do que o necessário. Depois que terminou, Annie desanimou quando Casey disse que era uma boa música, mas que deveria ser reserva. Ela o agradeceu por ter perdido o tempo dele ouvindo-a e prometeu ligar depois que chegasse em casa, das audições no sábado. Quando desligou, Annie ponderou sobre o que ele disse. Talvez ela devesse escolher uma terceira música diferente. Mesmo que fosse reserva, ela queria que todas fossem ótimas.

Depois de ouvir várias canções de sua playlist de inspiração, tanto lentas quanto dançantes, ela teve uma ideia. Rapidamente, procurou em sua biblioteca do iTunes e achou a música que estava procurando. Cantarolando algumas partes, ela pesquisou no Google a letra de *Gravity*, de Sara Bareilles. Ela cantou uma vez e sorriu como o gato sorridente de Alice no país das maravilhas. Ficou perfeita.

Annie custou a pegar no sono na sexta-feira à noite. Ela tinha passado horas procurando no armário, com Alex, a roupa perfeita para a audição, e finalmente escolhendo seu jeans *skinny* favorito e uma blusinha esvoaçante sem mangas, feita de linho branco com flores azuis e verdes bordadas no decote e na bainha. Era bonita e confortável, e combinou perfeitamente com o par de espadrilles azul-claro que ela tinha comprado recentemente, por capricho.

Depois de imprimir o mapa para o local, ela fez uma pequena bolsa com lanches saudáveis, algumas garrafas de água, uma garrafa térmica de chá quente, duas bebidas energéticas Rock Star de romã, iPod, Kindle, maquiagem, pastilhas de menta, desodorante e spray corporal; uma mulher nunca estava preparada o suficiente. Seu tanque de gasolina estava cheio, já que ela tinha parado no posto para abastecer, no caminho de volta do trabalho, de forma que não tivesse que fazer nada correndo na manhã seguinte e não perdesse tempo durante o trajeto para o local das audições. Ela tinha ensaiado as três músicas escolhidas até que conseguisse cantá-las dormindo. Ouvi-as durante todo o dia no trabalho, enlouquecendo os colegas, que provavelmente pensavam em matá-la para que se parasse. Tudo estava preparado. Não havia mais nada a fazer, além de dormir um pouco.

O sono continuou a ludibriá-la até as primeiras horas da manhã. Somente faltando duas horas para acordar é que ela finalmente conseguiu dormir, mas foi acordada — após o que pareceram ser meros minutos — pelo despertador, que ela tinha programado e colocado na mesinha de cabeceira.

Ela percebeu que o céu ainda estava escuro quando correu para o banho, fazendo alguns aquecimentos vocais enquanto se esfregava vigorosamente. Não demorou muito para se vestir, mas demorou se maquiando e ajeitando o cabelo, antes de ficar satisfeita com o resultado final. Calçou espadrilles, deu uma última olhada no espelho da porta do armário, pegou a bolsa e se dirigiu para fora, trancando a porta ao sair.

Alex já estava do lado de fora esperando, inclinado no carro dela com dois copos de café fumegante nas mãos. Annie lhe deu um sorriso de agradecimento quando pegou o copo da mão dele.

— Tem certeza de que não gosta de mulheres? — ela perguntou provocativamente.

— Absoluta — ele respondeu com uma piscadinha enquanto sentava no banco do passageiro. — Vamos. O espetáculo vai começar!

Nesse horário cedo, esquecido por Deus, o trânsito era inexistente, e bastaram apenas vinte minutos para chegarem ao destino em Hollywood. Annie estacionou o carro a algumas quadras de distância, e então começaram a curta caminhada pela rua, em direção ao local. Para sua surpresa, a fila já dava a volta no quarteirão. Devia haver pelo menos umas cem pessoas, e ainda nem eram cinco da manhã, hora que o site postou para as pessoas estarem em fila.

Annie ocupou seu lugar e Alex começou a conversar com outra garota que estava à frente deles. Keri, como se apresentou, era exoticamente bonita e de características delicadas e disse que ouviu que as pessoas do início da fila estavam acampadas ali desde a noite anterior.

Os três continuaram conversando enquanto as meninas explicavam como cada uma tinha ouvido falar sobre a audição. Keri admitiu ter vindo a pedido de sua melhor amiga e companheira apartamento, que disse que ela devia se inscrever, já que estava sempre cantando pelo apartamento. Annie disse que um amigo lhe havia dito sobre o concurso e a encorajou a fazer a audição.

Keri perguntou a Alex se ele ia fazer o teste, o que o fez rir e negar com a cabeça, gesticulando com o dedo para trás e para frente.

— Querida, se eu conseguisse cantar afinado, faria o teste num piscar de olhos — disse ele.

— Bem, você sabe que não é só uma competição de canto — Annie o lembrou. — Casey me disse que seu antigo grupo de dança vai fazer o teste, e você definitivamente tem ritmo. Acho que faz parte do seu DNA.

Alex gargalhou e balançou a cabeça.

— De jeito nenhum, *Mami*. Isso é mérito seu. Estou aqui apenas aqui para te apoiar.

— Garota, você tem sorte de tê-lo aqui — Keri disse a ela.

— Ah, eu sei — Annie concordou. — Ele é o melhor. — Ela cutucou Alex com o cotovelo e inclinou a cabeça em seu ombro enquanto sorria. Ele sorriu com carinho e passou o braço em volta dela em um meio abraço apertado e beijou o topo de sua cabeça.

— E não se esqueça disso — ele disse, rindo.

— Ah, vocês são tão fofos juntos — disse Keri com uma risadinha, e depois fez uma pausa. — Espere, vocês não são namorados, são?

Annie estava começando a tomar um gole de café e quase cuspiu o líquido no rosto de Keri. Então, olhou para a menina para ver se ela estava brincando, mas a expressão de Keri era puramente ingênua.

Olhando para Alex, Annie negou com a cabeça e sorriu.

— Ah, não, não somos namorados. Embora, se Alex mudasse de lado, eu o agarraria num piscar de olhos.

Alex sorriu para ela quando Keri o olhou rapidamente, o entendimento finalmente surgindo em seu rosto.

— Oh! Me desculpe. Eu presumi... — Ela teve a graça de parecer envergonhada.

Rindo, Alex assegurou-lhe de que estava tudo bem. Foi um engano honesto. Os olhos de Keri se arregalaram quando ela olhou para trás, a boca abrindo, e sem se conter, sorriu timidamente. Intrigada, Annie se virou para olhar para quem Keri estava sorrindo e sua boca abriu em surpresa.

— Casey! O que está fazendo aqui? Pensei ter ouvido você dizer que não ia fazer o teste. — Ela não conseguiu acreditar no que estava vendo. Ele estava ali! E estava formidável e cheirava muito bem. Ela levantou os braços para aceitar o abraço que ele estava inclinado para a frente para dar nela. Ele até lhe deu um rápido beijo na bochecha, fazendo-a sorrir de alegria.

— Bem, os caras me pediram para reconsiderar, e essa incrível menina que conheço me convenceu de que eu deveria tentar.

O semblante de Annie murchou quando soube disso, fazendo Casey rir de sua expressão.

— O quê? — perguntou ela, sentindo-se um pouco ofendida por ele estar rindo dela.

— Uh, eu estava me referindo a você — disse ele, sorrindo.

— Ah! — Annie ficou vermelha e começou a estudar os dedos dos pés. — Eu sabia — ela murmurou.

— Então, você é sempre rude ou vai me apresentar ao seu amigo? — Alex disse, acotovelando-a.

Sentindo o rosto corar novamente em constrangimento, Annie concordou.

— Claro que vou, me desculpa. Alex, este é Casey. Casey, este é o meu melhor amigo e vizinho, Alex.

— Prazer em conhecê-lo. Annie me falou muito sobre você — Casey disse enquanto apertava a mão de Alex.

Alex sorriu e balançou a cabeça em aprovação.

— Igualmente.

Annie estava pensando que suas bochechas estavam prestes a, literalmente, pegar fogo quando Keri levemente limpou a garganta, fazendo com que os três olhassem para ela. Agradecida pela interrupção, Annie apressadamente disse:

— Ah, e essa é Keri. Nós nos conhecemos agora, aqui na fila. Ela também é cantora.

— Prazer em conhecê-la, Keri — Casey disse, estendendo a mão para cumprimentá-la.

— O prazer é meu. — Keri hesitou, a mão persistindo um pouco demais na mão de Casey, para o gosto de Annie.

— Então, onde está o resto do grupo? — perguntou Annie, olhando ao redor.

Casey acenou para o início da fila.

— Lá na frente. Os malucos decidiram acampar aqui ontem à noite para que pudéssemos ser os primeiros. Eles estão fazendo o máximo para que eu volte a tempo para o show de hoje à noite.

— Ah, legal da parte deles.

— Sim, eles são um bom grupo — Casey concordou. — Bem, eu adoraria ficar e conversar mais, mas eles estão me esperando, então é melhor ir para lá. Eu te vi quando estava andando para o início da fila e queria dizer oi. Te ligo mais tarde, ok? — ele disse, inclinando-se para frente para lhe dar outro abraço, desta vez, pegando o queixo dela entre os dedos e dando um leve beijo nos lábios.

— Ok — ela disse sem fôlego, fazendo Alex sorrir novamente.

— Arrasa lá, princesa — Casey disse, piscando, e se afastou para se juntar ao seu grupo. Ela podia ouvir os caras gritando animadamente em saudação enquanto Casey caminhava até eles, o que a fez sorrir. Mesmo que ele fosse agora seu oponente, ela ficou feliz por ele poder fazer o teste.

— Princesa? — Alex perguntou, arqueando uma sobrancelha e sorrindo, mais uma vez.

Annie bateu em seu braço.

— Cale a boca — ela murmurou.

— Uau. Digo... *uau* de verdade — Keri disse, ainda olhando para Casey onde ele estava na fila com os amigos.

— Uh huh — Annie concordou.

Keri finalmente voltou a olhar para eles.

— Então, uh, *esse* é o seu namorando?

— Bem... — Annie hesitou. Eles não estavam namorando oficialmente, ainda, então não queria mentir, mas também não queria que Keri tivesse alguma ideia brilhante se ela não afirmasse que estavam. Felizmente, Alex a salvou de ter que dizer mais, respondendo com entusiasmo em seu nome.

— É! Eles não são um casal bonitinho? Annie viajará para San Francisco na próxima semana para passar um tempo com ele enquanto está em turnê.

— Sério? Bem, isso é... legal — Keri disse, parecendo visivelmente desapontada enquanto olhava para Casey e os amigos dele novamente.

Os olhos de Annie se estreitaram e ela fez uma nota mental para manter um olho em Keri até que Casey estivesse a salvo, de volta à turnê. Algumas mulheres eram descaradas, e ela não ficaria surpresa se Keri tentasse se insinuar para ele assim que ela virasse as costas.

As próximas duas horas passaram muito rápido. Havia mais do que entretenimento suficiente para manter as coisas interessantes enquanto esperavam. Havia todos os tipos de artistas na fila, incluindo outros cantores, dançarinos, um equilibrista acrobático, um malabarista, e um cara que tocava bateria utilizando materiais reciclados.

Keri e Annie começaram a improvisar uma música juntas e outros rapidamente se juntaram, incluindo o baterista. Eles cantaram *Beat It*, de Michael Jackson, a música ficando surpreendentemente boa para quem nunca cantou junto. Alex pegou seu iPhone para gravar, prometendo postar no Facebook. Apesar das inicias reservas de Annie sobre Keri por causa do seu aparente interesse em Casey, ela gostava da menina, e acabaram trocando números, prometendo sair em breve.

Quando a fila finalmente começou a andar, Annie começou a ficar nervosa e ansiosa. Estava acontecendo. Não dava para voltar atrás. Ela cantarolou baixinho sua primeira música. Quando a mesma começou a tocar no fone de ouvido, pôde assim, ouvir a primeira estrofe novamente. Essa primeira parte poderia ser um pouco complicada, e ela queria ter certeza de que a pegou perfeitamente. Alex lhe fez uma pequena massagem nos ombros para ajudá-la a se soltar e relaxar.

Um cara loiro, alto e magro com uma prancheta na mão e fone de ouvido pediu para ver sua identidade e para assinar o formulário de liberação antes que ela tivesse permissão de entrar no edifício. Em seguida, um pedaço de papel azul brilhante com um número foi dado a ela junto com a instrução de anexá-lo à sua camisa. Tanto para mostrar sua bela blusa... Outra meia hora se passou antes que ela fosse conduzida a uma sala junto com outras três garotas, incluindo Keri.

Haviam três pessoas, dois homens e uma mulher, sentados atrás de uma mesa na frente de um palco improvisado que tinha sido equipado com iluminação, câmera e um microfone *boom*. O pano de fundo era uma imagem do letreiro de Hollywood com o nome do show, *The Next American Superstar*, brilhando na transversal, em grandes letras em negrito.

A mulher falou primeiro, explicando que ela e os outros dois eram alguns dos produtores do programa e eles ouviriam as audições. Em seguida, um dos homens continuou e recepcionou as meninas, explicando que elas seriam convidadas a cantar uma música de sua escolha.

Eles colocaram as quatro meninas, de pé, lado a lado, em uma fila na frente deles, e uma a uma, na sua vez, dava um passo à frente e cantava à capela por uns trinta segundos, até que um dos produtores levantasse a mão em gesto para parar. Em seguida, recuava para a fila e a próxima garota fazia a mesma coisa, até que todas quatro tivessem cantado. Annie, pessoalmente, achou que Keri tinha se saído bem, e uma das outras meninas tinha potencial, mas era muito jovem e parecia não estar completamente preparada. A outra garota era linda e parecia ter uma grande presença de palco, mas, infelizmente, não conseguia interpretar uma melodia nem que sua vida dependesse disso.

Quando todas terminaram, os produtores se amontoaram, conversando entre si em voz baixa. A mulher ergueu os olhos rapidamente para a menina que estava ao lado de Annie, então para Keri e depois olhou para o papel que estava segurando. Ela balançou a cabeça levemente e se inclinou para o homem à direita, sussurrando algo enquanto ele balançava a cabeça. Em seguida, o outro homem disse algo olhando diretamente para Annie e depois de volta para o papel na mão da mulher.

Depois do que pareceu um longo tempo, mas foram, provavelmente, só alguns minutos, a mulher finalmente limpou a garganta e olhou novamente para as meninas.

— Ok, senhoras. Cento e vinte quatro e cento e vinte seis, obrigada por virem, mas, infelizmente, vocês não são bem o que estamos procurando hoje. — As duas meninas que estavam uma de cada lado de Annie agradeceram aos produtores pela oportunidade. Ambas estavam com os olhos marejados quando saíram da sala. Só ficaram Annie e Keri, querendo saber o que estava por vir.

Então, um dos homens se dirigiu a elas.

— Cento e vinte três e cento e vinte cinco, nós gostaríamos de ouvir outra coisa. Vocês têm outra música preparada? — Keri e Annie se entreolharam e acenaram para os produtores. — Certo, ótimo! Cento e vinte três, por favor, dê um passo para o lado. Cento e vinte cinco, vá até o centro do palco e comece quando estiver pronta.

Enquanto Annie ia em direção ao centro do palco, o câmera entrou em ação e apontou a lente para ela. Tentando ignorá-lo e o fato de que se sentia como se estivesse prestes a vomitar, ela começou a cantar a música de Sara Bareilles que tinha ensaiado, começando na segunda estrofe. Deixando a emoção fluir através da entonação da voz, Annie fechou os olhos por um momento e se deixou envolver pela melodia. Desta vez, eles a deixaram terminar a música sem interrupção.

Quando terminou, pediram para ela voltar ao seu lugar para Keri poder cantar. Ela tinha escolhido o clássico *Son of a Preacher Man*, e Annie se remexeu nervosamente enquanto ouvia Keri cantar. A menina tinha habilidades vocais enlouquecedoras, e Annie começou a se preocupar se seria eliminada. Quando Keri cantou a última nota da segunda música, os três produtores já estavam se amontoando novamente e sussurrando entre si.

Finalmente, a mulher se dirigiu às duas.

— Senhoras, obrigada por terem vindo hoje. Nós gostaríamos que as duas continuassem para a próxima fase. Sigam em frente, o Jacob aqui irá acompanhá-las para anotar os dados das duas. Vamos precisar que retornem hoje, mais tarde, então, por favor, voltem pontualmente às duas da tarde.

Annie e Keri agradeceram aos produtores e seguiram Jacob para fora da sala. Depois de fornecer as informações necessárias de contato, elas receberam crachás que lhes davam acesso à entrada quando voltassem. Enquanto caminhavam para fora do prédio, as meninas começaram a pular de entusiasmo e se abraçaram.

— Oh, meu Deus, não consigo acreditar que passamos para a próxima fase! — Keri gritou, dançando e fazendo uma pirueta.

— Eu sei! Também não consigo acreditar, mas estou muito feliz. Este é o melhor dia da minha vida! — Annie disse toda feliz, com um enorme sorriso no rosto. Ela viu Alex, que estava na calçada conversando com um cara bonito que ainda estava esperando na fila. Ela andou até eles e decidiu provocá-lo um pouco.

— Oi, querida — ele disse quando ela se aproximou. — Como foi?

Annie olhou para o chão e suspirou, fazendo o máximo para parecer derrotada.

— Bem...

— Nãããooo! Tão ruim assim?

— Foi... Espero que você não tenha mais nada planejado para hoje, porque, bem... Eu passei para a próxima fase e tenho que estar de volta aqui às duas da tarde em ponto, portanto, não planejo chegar em casa tão cedo! — Ela terminou tão depressa que foi incapaz de esconder o entusiasmo por mais tempo.

Alex soltou um grito de alegria e a puxou para a frente em um gigantesco abraço de urso.

— Essa é minha garota! Eu sabia que você ia deixar todos de boca aberta!

— Bem, isso só vamos saber depois. Mas pelo menos passei para a próxima fase!

— Estou tão orgulhoso de você — disse ele com um sorriso. Virou-se para o cara e disse que ligaria em breve, então piscou antes de virar para Annie. — Vamos, querida. Vamos encontrar algum lugar para almoçar para colocar alguns nutrientes no seu corpo antes de você ter que voltar.

— Parece perfeito! — ela disse. Com os braços unidos, eles caminharam pela rua, voltando para o carro de Annie.

76 AUDREY HARTE

Capítulo 6

As audições da tarde não demoraram tanto tempo quanto Annie tinha previsto, e ela já estava de volta em casa no início da noite, apreciando uma taça de vinho, em comemoração, com Alex. Os produtores disseram que ela iria receber um telefonema na próxima semana, notificando se tinha se qualificado para passar para a próxima fase das audições em Nova York.

— Então, agora que acabou a audição, está ansiosa para a sua escapada de fim de semana com Casey?

— Sim e não.

— Não? Por que não?

— Eu não sei. Só estou paranoica de que vou estragar tudo de alguma forma, como sempre acontece quando entrego minha *mercadoria* cedo demais.

— Bem, não sou ninguém para falar, mas, sim, dormir com alguém na primeira vez que saem juntos não é a melhor maneira de conquistar *e* segurar um homem.

— Então você entende o meu dilema.

— Entendo, mas você só tem que ser forte e guardar suas armas. Além disso, há um monte de coisas que se pode fazer sem chegar aos finalmentes. — Alex piscou sugestivamente para ela, fazendo Annie engasgar com o gole de vinho que tinha acabado de tomar.

— Acho que meio que derrotaria o propósito de não dormir com ele de imediato, né?

— Talvez. Querida, se eu não conseguir nenhum, você precisa conseguir para que eu possa viver isso através de você.

— É só ir a uma boate e escolher um novo *brinquedinho*.

— Muito esforço.

— Uau, você está se escondendo em casa há muito tempo. Vá se vestir. Vamos sair essa noite.

— O quê? Está falando sério? Não vou a lugar nenhum, a menos que seja para a minha casa, pra dormir.

— Uh-uh, muito sério. Vá tomar banho, se perfume com alguma colônia sexy, coloque seus sapatos favoritos de dança, e me encontre aqui em uma hora. Vamos sair para comemorar o meu sucesso!

— Nenhuma roupa?

— Seria bom uma roupa, né? E fique gostoso e sexy para não me envergonhar — brincou ela.

Gemendo, Alex, a contragosto, colocou a taça na mesa de centro e ficou de pé, murmurando baixinho em espanhol enquanto saía pela porta.

— Eu ouvi isso — Annie falou atrás dele.

— Eu sei, mas você não sabe o que significa — ele respondeu, mostrando a língua para ela.

— Talvez não, mas pareceu algo sujo. Algo sobre lubrificante masculino e promiscuidade...

Alex começou a rir e apenas balançou a cabeça, fechando a porta ao sair. Só então, o celular dela tocou, assustando-a. Verificando o identificador de chamadas, ela viu que era Casey.

— Oi pra você — ela disse, atendendo no segundo toque.

— Oi, o que você está fazendo?

— Cheguei ainda há pouco em casa do retorno dos aprovados. Estava tomando vinho com o Alex.

— Legal. Então, obviamente, o seu primeiro teste foi bom.

— Foi sim. Agora estou esperando para ver se passei para a fase final.

— Ah, princesa, essa é uma ótima notícia.

Annie sorriu para o uso de seu termo carinhoso favorito.

— Obrigada. E quanto a você?

— O mesmo. Arrebentamos na audição, fizemos o retorno dos aprovados e agora estamos esperando para ver se passamos para a fase final.

— Oba! — ela comemorou, animada por estar compartilhando essa experiência com ele.

— Obrigado — ele disse, rindo. — O grupo está amarradão. Na verdade, vamos nos reunir na minha casa agora à noite. Não sei se é possível você vir ou não, mas eu adoraria te ver.

— Você ainda está aqui? Achei que já tivesse voltado para Denver para fazer o show hoje à noite.

— Kayla, a artista com quem estou trabalhando, pegou uma gripe. Aparentemente, ela vomitou o dia todo, então tiveram que cancelar o show de hoje e o de amanhã. O próximo será só na terça-feira à noite em Seattle, então tenho dois de folga até voltar à turnê.

O coração de Annie acelerou e quase parou quando se deu conta de que ia vê-lo naquela noite.

— Bem, nesse caso, me mande uma mensagem de texto com o seu endereço.

— Já mandei, verifique suas mensagens.

Ela riu.

— Você é muito seguro de si, senhor.

— Que nada, apenas otimista.

— Ha... bem, está certo, então.

— Ah, e você está ocupada amanhã?

— Não, não tenho nada especial planejado.

— Ótimo! Traga uma muda de roupa. Você pode dormir aqui em casa esta noite e podemos passar o dia de amanhã juntos... se estiver tudo bem pra você.

— Humm, e onde eu vou dormir?

Rindo, Casey lhe assegurou que não tinha más intenções com ela.

— Bem, minha cama é superconfortável, mas não se preocupe, eu durmo de roupa.

— Ok — ela concordou. — O que vamos fazer amanhã? Que tipo de roupa devo levar?

— Algo casual. Pensei em irmos ao Grove e almoçar, talvez ver um filme, e você pode fazer compras, se quiser.

— Isso é música para os meus ouvidos. Parece perfeito.

— Então se apresse e saia logo. Te vejo em breve?

Quase sufocando uma risadinha de felicidade, Annie concordou.

— Ok, está bem. Me dê cinco minutos para separar minha roupa, então eu saio.

Depois de finalizar a ligação, ela rapidamente ligou para Alex e explicou o que tinha acontecido. Felizmente, ele ficou satisfeito por não sair e não lhe deu um senhor sermão pelo cancelamento do habitual jantar de domingo deles. Antes de desligar, Annie o fez prometer que iriam sair outra vez em breve; ela ainda estava determinada a tirá-lo do apartamento para uma noitada na cidade. Rapidamente ela arrumou numa bolsa, seus cosméticos, produtos de higiene pessoal, uma muda de roupa e um lindo pijama da Victoria's Secret.

Meia hora depois, ela estacionou em frente ao prédio de Casey, checou a maquiagem e passou gloss. Ela pegou suas coisas, travou as portas e se dirigiu para o portão da frente. Depois de localizar o nome na caixa do correio, discou o número e esperou enquanto o interfone tocou uma, duas vezes, até que, finalmente, alguém atendeu no terceiro toque.

— Quem é? — disse uma voz feminina.

Pega de surpresa, Annie fez uma pausa antes de dizer qualquer coisa.

— Oi, hum, me desculpe. Acho que liguei para o número errado.

— Você está procurando o Casey? — perguntou a menina.

Sentindo um nó começando a se formar no estômago, Annie disse:

— Estou, é a Annie. Ele me convidou para a festa.

— Quem?

— Annie — ela repetiu.

— O quê?

— An-nie — disse ela devagar e em voz alta, dividindo as duas sílabas.

— Oh, certo. Annie. Vou abrir pra você. Casey está aqui.

— Oi, linda. — A voz de Casey soou no interfone.

— Oi, estou aqui no seu portão, mas ela, quem quer que *ela* seja, já abriu. Para onde vou agora?

— Ah, sim, foi Trisha. Ok, você pega o elevador até o terceiro andar, anda todo o corredor à direita e depois vira à esquerda e vai até o final. Meu apartamento é no final do corredor.

Quem diabos é Trisha?

Colocando o ciúme de lado, Annie se dirigiu para o elevador. Quando chegou ao final do corredor e bateu na porta, ele imediatamente a abriu. Casey saiu e estendeu a mão para Annie, puxando-a firmemente na direção dele, sua boca encontrando a dela. Ele a beijou como um homem sedento, mas ainda saboreava seus lábios como se fosse um vinho fino.

— Passei o dia todo querendo fazer isso — ele confessou, acariciando o pescoço dela com o nariz, e ela o abraçou apertado, então deu um passo atrás para olhá-la da cabeça aos pés.

— Eu também — ela disse, sorrindo timidamente para ele.

— Mmm... tão atraente. Você me deixa louco, linda — ele disse enquanto a olhava, em seguida, lhe deu um beijo casto dos lábios antes de puxá-la para dentro do apartamento.

— Olá a todos, esta é a Annie. Façam-na se sentir bem-vinda.

Ela sorriu para todas as várias saudações vindas de diferentes direções quando entraram.

Casey pegou sua bolsa e a conduziu até um lugar vazio no sofá para sentar, então desapareceu pelo corredor. Presumindo que ele tivesse ido até o quarto guardar a bolsa e voltaria logo, ela tentou não entrar em pânico quando a sala cheia de pessoas começou a se apresentar a ela. Como ia lembrar do nome de todos? Ela tinha certeza de que iria se envergonhar até o final da noite.

Depois de um tempinho, Casey voltou, inclinou-se perto dela e perguntou o que gostaria de beber. Ela pediu uma Sea Breeze, e ele desapareceu de novo. Quando voltou com a bebida e a colocou na mão dela, Annie sorriu em agradecimento, e, com cautela, tomou um gole. A bebida deslizou facilmente pela garganta, fazendo-a suspirar suavemente em apreciação. A proporção da vodca com cranberry e suco grapefruit estava perfeita, fazendo o coquetel de frutas refrescante e agradável. Erguendo as sobrancelhas, ela olhou para cima e sorriu antes de inclinar a cabeça.

— Nada mau, nada mau mesmo.

— É mesmo, o Casey é um ótimo bartender — o cara sentado ao seu lado disse. Ela tinha certeza de que o nome dele era Chris, se não lhe falhasse a memória.

— Tive que ser. Nem sempre pude me dar ao luxo de me sustentar só com a dança.

— Ele só é ótimo porque eu o ensinei tudo que sei — a garota sentada em frente a ela interrompeu, sorrindo timidamente para Casey. Ela, então, lançou um olhar a Annie e, como se fosse uma reflexão tardia, lhe deu um sorriso muito falso. Annie imediatamente a identificou como Trisha, pela voz. — Ele era *tão* bom aluno.

Casey tinha acabado de tomar um gole de sua cerveja quando Trisha falou, e ele engasgou ao engolir, e limpou a boca com o braço, enquanto tentava se recompor.

— Trisha, se comporta — um cara encostado na parede atrás de Trisha a advertiu em voz baixa, fazendo-a visivelmente se irritar antes de revirar os olhos. Mas então ela se recostou na cadeira e dirigiu sua atenção para o cara sentado em uma poltrona ao lado dela.

Ótimo. De novo, quem diabos é Trisha?

Mexendo-se desconfortavelmente no lugar, Annie rapidamente bebeu o resto do copo. A noite ia ser interessante. Ela se levantou e perguntou a Casey se ele poderia lhe mostrar onde fazer outra bebida, e ele fez sinal para ela o seguir com um aceno de cabeça. Os olhos de Annie se arregalaram quando entrou na cozinha espaçosa e clara, que era totalmente equipada com todas as conveniências que um chef gourmet desejaria. Um bar completo foi criado na ilha central com um saco de gelo aberto na pia de aço inox ao lado.

Quando ela pegou uma garrafa no bar para fazer outra bebida, Casey a parou e suavemente a tirou de sua mão.

— Eu faço — disse ele, beijando-a suavemente nos lábios antes de se virar para começar a preparar a bebida.

Annie sorriu e se encostou no balcão para vê-lo medir os líquidos separadamente, despejando tudo em uma coqueteleira de aço inox com um pouco de gelo. Tampando-a, ele a sacudiu com uma mão, em seguida, a abriu para virar no copo. Todos os seus movimentos eram suaves e hábeis, uma indicação de que tinha feito isso por anos.

— Então, Trisha — disse ela quando se virou para pegar a bebida.

Ele riu e passou a mão pela cabeça, parecendo um pouco envergonhado.

— Eu sei, sinto muito por isso. Nos conhecemos há anos. Nossas famílias são amigas e sei que ela é meio protetora quando novas pessoas entram na minha vida... especialmente mulheres.

Concordando, Annie tomou um gole de sua segunda bebida. Tão deliciosa quando a primeira.

— Vocês nunca... sabe?

— Não, somos apenas amigos. Ela até pode desejar o contrário, mas isso nunca vai acontecer.

— Entendo. Bem, ela não pareceu muito entusiasmada ao me conhecer.

— Ela só não sabe quem é você, ainda. Como eu disse, ela é protetora. Dê um tempo. Quando vocês se conhecerem melhor, aposto que se darão muito bem.

Ele pareceu tão esperançoso que ela odiou ser estraga-prazeres, então forçou um sorriso e assentiu.

— É, tenho certeza de que você está certo.

— Vamos lá. Vamos socializar mais um pouco. Daqui a uma ou no máximo duas horas coloco todo mundo pra fora, eu prometo.

Considerando que ela teve o desprazer de sentar em frente à Trisha e a menina a fuzilou com os olhos quando Casey não estava olhando, duas horas pareceram uma eternidade. Pelo menos Chris tinha saído do lugar e Casey agora estava sentado ao lado de Annie, com o braço apoiado casualmente, mas de forma possessiva, sobre seus ombros. Em um determinado momento, ela lançou um sorriso presunçoso a Trisha quando Casey virou para ela, sorriu e depois se inclinou para beijar sua testa antes de voltar para a conversa que estava tendo com os outros membros do grupo. Trisha franziu o cenho em reação, e depois voltou a conversar com uma das namoradas dos rapazes.

Annie sentiu os efeitos do álcool a deixarem mais lenta e sonolenta, mas finalmente as pessoas começaram a ir embora. Quando o último casal levantou e foi conversando com Casey até a porta, Annie começou a recolher as garrafas de cerveja vazias e os copos para levá-los para a cozinha.

Casey fechou a porta, virou-se e se recostou nela, dando um suspiro exagerado de alívio.

— Enfim sós — ele disse com um sorriso, mas então franziu a testa quando percebeu o que Annie estava fazendo. — Linda, você não tem que fazer isso. Você é convidada. — Ele foi até ela para tirar os copos e uma garrafa de suas mãos, mas ela balançou a cabeça para ele.

— Por favor, eu não vou ficar sentada vendo você limpar tudo sozinho. — Ela se virou e foi até a cozinha para deixar o que já estava nas mãos e voltar para a sala de estar. Nesse meio tempo, Casey tinha conseguido pegar o restante das garrafas vazias e copos e estava voltando para a cozinha.

— Acabou — disse ele, colocando tudo em cima do balcão antes de começar a carregar a máquina de lavar louça. Ela o ajudou entregando os pratos, depois encostou no balcão e olhou hesitantemente em volta por não saber o que estava por vir. Depois de fechar a máquina de lavar louça, Casey virou na direção de Annie, estendendo a mão para segurá-la pela cintura e puxá-la para ele.

— Como eu estava dizendo, enfim sós — ele murmurou antes de beijá-la.

Ela suspirou suavemente contra seus lábios enquanto ele deslizava a mão pelo cabelo dela, antes de agarrá-lo para segurá-la com mais firmemente contra ele, enquanto a outra mão agarrava possessivamente seu quadril, apenas com pressão suficiente para fazê-la se sentir querida e sexy. Depois de alguns momentos, ele finalmente a soltou, os olhos fechados enquanto descansava a testa na dela.

— Venha. Vamos para a cama.

— Umm — Annie disse, hesitante. Ela queria ir para a cama com ele. Queria mesmo. Mas estava cansada de cometer os mesmos erros repetidamente. Mordendo o lábio, ela olhou para Casey e se preparou para a rejeição. — Eu não sei se é uma boa ideia.

Casey sorriu para ela.

— Eu não vou tirar vantagem de você, princesa. Só quero ficar de conchinha e te abraçar.

Annie riu.

— Você acabou de dizer que quer ficar de conchinha?

— E se eu disse?

Balançando a cabeça, ela se inclinou para frente e o abraçou pela cintura.

— Você é adorável.

— Eu sei — disse ele, abraçando-a de volta.

Ela riu novamente e o deixou levá-la pelo corredor até o quarto. Era enorme e decorado com tons muito masculinos e uma enorme cama Califórnia king-size bem no meio do quarto. Sua bolsa estava na beira da cama, então ela a pegou e pediu licença para mudar de roupa. Ela ficou impressionada ao ver que o banheiro era tão impecavelmente limpo quanto o resto do apartamento.

Não demorou muito tempo para vestir o pijama, escovar e passar fio dental nos dentes, mas, quando Annie saiu do banheiro, parou e riu com a visão diante dela. Casey tinha mudado de roupa e vestido um short vermelho de basquete e uma camiseta preta e estava deitado na cama esperando por ela. Sua cabeça já estava inclinada para trás no travesseiro e um suave ronco saía da boca parcialmente aberta.

Na ponta dos pés para não perturbá-lo, Annie colocou a bolsa em cima da cômoda e deitou na cama ao lado dele. Corajosamente, ela se aconchegou perto dele, e, quando o tocou, ele acordou com um sobressalto. Levou um momento para seus olhos se adaptarem, mas então olhou-a e deu o que ela achou ser seu sorriso mais bonito, fazendo-a sorrir preguiçosamente em troca.

— Ei. Não queria cochilar com você lá.

— Está tudo bem. Sei que você deve estar exausto. Eu também estou muito sonolenta. — Ela se inclinou para beijar seus lábios levemente, em seguida, se aconchegou mais perto dele, suspirando satisfeita quando sentiu seus braços a envolverem. Ela não pôde deixar de apreciar a completa sensação de perfeição que experimentava.

Não demorou muito até ela cair no sono, mas, antes que adormecesse completamente, Annie o ouviu sussurrar:

— Estou tão contente por ter te encontrado.

Capítulo 7

Algo estava fazendo cócegas em sua orelha, tirando-a de um sono profundo. Annie gemeu enquanto lutava para acordar. De novo ela deixou o ventilador ligado? Relutante, ela abriu um olho e encarou o ventilador de teto, mas ele não estava se movendo. E não era o seu ventilador de teto. O dela era branco; este era de madeira clara.

De repente, seu outro olho abriu quando se lembrou de onde estava. Olhando para o lado, Annie viu o vilão fazedor de cócegas de orelha. Casey deitado ao seu lado, sorrindo presunçosamente.

— Dia — disse ele, o hálito fresco e mentolado indicando que ele teve tempo suficiente para escovar os dentes.

Oh, Deus.

Annie sabia que tinha mau hálito matinal. Cobrindo a boca com uma das mãos, ela sorriu através dos dedos.

— Dia. Você poderia me dar só um segundo?

Ele balançou a cabeça e ela saiu correndo da cama e foi direto para banheiro escovar os dentes. Ela levou mais de um minuto passando fio dental e fazendo gargarejos com enxaguante bucal antes de voltar para a cama. Quando deitou ao lado dele novamente, apoiou a cabeça com uma das mãos descansando no cotovelo, ficando de frente para ele.

— Melhor? — ele perguntou, arqueando uma sobrancelha.

— Muito — ela concordou, sorrindo.

Casey sorriu de volta, em seguida, se inclinou lentamente para beijá-la. Quando seus lábios se tocaram, os olhos se fecharam, e ela suspirou suavemente na boca dele. Ela passou a língua pelos lábios dele antes de sugar suavemente. Ele fez um som de satisfação com a garganta profundo, estrondoso e muito másculo.

Chegando mais perto dele, Annie deslizou a mão pelo seu rosto e entrelaçou os dedos pelo cabelo curto enquanto aprofundava ainda mais o beijo. Finalmente, ele o interrompeu e se afastou um pouco para poder olhá-la nos olhos.

— Ok, ok, é melhor sair desta cama antes que eu me empolgue e faça algo de que possa me arrepender.

Ela fez beicinho.

— Você se arrependeria?

— Não, mas agora não é o momento certo.

— Por que não?

Casey riu da expressão abatida no rosto de Annie.

— *Baby*, eu quero que a nossa primeira vez seja especial. Confie em mim, tudo bem? — Ele beijou sua testa e riu enquanto ela balançava a cabeça, lutando para não parecer muito decepcionada.

— Por que você não toma uma ducha enquanto eu faço o café. Deixei um jogo de toalhas pra você ao lado da pia.

— Uau, cafeína. Sim, por favor — ela disse com um grande sorriso, desta vez balançando a cabeça alegremente.

Sorrindo, ele piscou para ela e saiu da cama, indo em direção à cozinha.

A água não demorou muito a aquecer, e Annie tomou um breve banho, raspando as pernas o mais rápido possível, tentando não se cortar. Ao sair do box, estendeu a mão para pegar a toalha ao mesmo tempo em que Casey estava voltando para o quarto. Na pressa de tomar banho, ela tinha esquecido completamente de fechar a porta do banheiro.

— Ei, você quer creme ou açú... — Ele parou de repente e ficou encarando-a nua ali.

Ela pegou a toalha e rapidamente a enrolou no corpo e gaguejou.

— Desculpe, esqueci de fechar a porta.

— Tudo bem — ele disse, ainda a encarando, embora ela já estivesse um pouco modestamente coberta pela toalha.

— Creme.

— Oi?

— No meu café.

— Ah, é. — Casey balançou levemente a cabeça como se estivesse tentando sair de um transe. — Uh... bem... vou preparar pra você. — Ele hesitou por um momento, então se virou e voltou para a cozinha, resmungando baixinho ao sair do quarto.

Inevitavelmente, Annie riu. Ela o tinha deixado quase sem palavras. Ele até podia ir devagar com ela, mas em nenhum momento desviou o olhar. Depois de se vestir e pentear o cabelo, ela foi para a cozinha. Casey sorriu e lhe entregou uma caneca fumegante, a qual ela aceitou agradecida.

Bebendo lentamente, ela cantarolou em apreciação.

— Esse café está muito bom, senhor.

— Eu levo meu café muito a sério.

Olhando para a sofisticada cafeteira no balcão, Annie sorriu e ergueu uma sobrancelha.

— Estou percebendo. Você tem uma cafeteira simples também?

— Sim, quando tenho que acordar muito cedo, não dá tempo de preparar café chique. Bem, só preciso de uma ducha rápida, e então podemos sair para o Grove.

— Ok. Vou ler um pouco enquanto espero.

— Legal. O que você está lendo?

— Ah, minha irmã me falou sobre uma nova autora *indie* que ela descobriu... Kimberly Knight.

Ele balançou a cabeça e deu de ombros.

Annie riu.

— Imagino que você não tenha ouvido falar nada de escritoras de romance.

— Mmm, provavelmente não. Minha mãe lê um monte de porcaria, principalmente Danielle Steele e Nora Roberts.

— Ei, pode parar! Elas não são porcaria.

Casey sorriu.

— Acho que é uma questão de opinião, e nem é Shakespeare.

— Não precisa ser; só precisa ser divertido.

— Você não quer aprender algo enquanto lê em vez de desperdiçar seu tempo com porcaria?

— Não acho que seja desperdício de tempo. Você joga videogame?

— Jogo, claro...

— Então, não preciso dizer mais nada.

— Estamos tendo a nossa primeira briga?

Sorrindo, Annie revirou os olhos para ele e tomou outro gole de café.

— Bem, se for, eu acabei de ganhar.

Casey riu e bebeu o resto de seu café antes de enxaguar a caneca e colocá-la na máquina de lavar.

— Está certo, é só o tempo de um banho.

— Divirta-se — disse ela enquanto estava encostada no batente da porta da cozinha, vendo-o andar pelo corredor de volta para o quarto. Sem se dar conta, Annie prendeu a respiração, esperando para ver se ele também esqueceria de fechar a porta do banheiro. Para sua decepção, depois de pegar uma boxer na cômoda, Casey entrou no banheiro e fechou a porta.

Ela terminou o café e voltou para o quarto. Vasculhando a bolsa, pegou seu kindle e celular, em seguida, vagou de volta para a cozinha. Querendo outra xícara de café, brincou com a cafeteira sofisticada, mas não conseguiu descobrir como funcionava. Suspirando, ela pegou o celular e pesquisou no Google como usar a cafeteira chique.

Seguindo as instruções do YouTube, Annie fez outra xícara de café, em seguida, sentou-se à mesa da cozinha para ler enquanto esperava Casey terminar o banho e se arrumar. Ela estava começando o segundo capítulo do livro *Tudo o que eu preciso*, da Kimberly Knight, e, a poucas páginas do fim do capítulo, seus olhos se arregalaram e ela ficou boquiaberta. Quando terminou de ler a cena, se abanou com a mão e pegou o celular para mandar uma mensagem de texto para sua irmã, Leah.

Annie: *Puta merda! Acabei de terminar o capítulo dois.*

Leah: E como não gostar daquela dança mais do que quente?

Annie: *Acho que preciso de um banho frio agora.*

Leah: rsrs Que bom que está gostando!

Annie: *Amando. Obrigada por recomendar. ;)*

Leah: De nada. Quando terminar e quiser mais, me avise que te indico outros livros.

Annie: *Legal. Te amo! Falo com você mais tarde.*

Leah: *Bjs.*

Antes que tivesse a chance de começar o capítulo três, Casey voltou para a cozinha, cheiroso e totalmente delicioso. Annie não conseguiu desviar o olhar enquanto ele caminhava até a cafeteria. Ela quase não teve tempo de limpar a baba da boca antes de ele virar e olhar para ela.

— Vejo que você aprendeu a usar a cafeteira — ele disse com uma sobrancelha levantada.

— Ah, sim... Espero que não se importe.

Merda, ela pensou. *Será que ele é uma daquelas pessoas que não gosta que mexam nas suas coisas?*

— Claro que não. Quer outra xícara?

Aliviada, Annie sorriu e negou.

— Não, obrigada, já estou satisfeita.

— Você se importa se eu fizer outro para mim? Podemos sair assim que eu terminar.

— Claro que não, faça com calma. Não tenho nenhum outro lugar para ir hoje; sou toda sua.

— Mmm... é bom saber.

Annie sorriu toda boba enquanto ele estava de costas para ela, então escondeu a boca com uma tosse quando ele se virou com seu café e se juntou a ela na mesa. Ela sorriu sem jeito quando ele se sentou à sua frente, olhando atentamente em seus olhos enquanto levava a caneca à boca para tomar um gole.

— Como está o livro?

Ela ficou vermelho brilhante quando lembrou da cena da dança erótica que tinha acabado de ler.

— Estou começando o capítulo três, mas é muito bom.

— Você lê muito?

— Sim, sempre. Quando eu era criança, gostava de coisas como *The Baby-Sitters Club* e *Nancy Drew*. Agora, gosto de ficção, principalmente romance, e adoro filmes de suspense e fantasia. Este é o primeiro livro *indie* que leio, mas minha irmã insistiu que eu desse uma chance. E tenho que dizer, não é nada mau. E você? Gosta de ler?

— Não sou um grande leitor. Acho que a última coisa que eu li foi *O Código Da Vinci.*

— Bem, é um ótimo livro. Eu adorei. Você o leu recentemente ou quando foi lançado?

— Quando foi lançado.

— Uau... há dez anos você não lê um livro?

— Tem isso tudo? — Casey cerrou os olhos enquanto esfregava o queixo, pensativo. — É, acho que tem.

— Não consigo me imaginar tanto tempo sem ler um livro.

— Eu tinha outras coisas para me manter ocupado. Na dança, você tem que dedicar muito tempo para se aperfeiçoar, especialmente o hip hop e o breaking. — Então, um zumbido veio do bolso de Casey. Ele pegou o celular, olhou o identificador de chamadas e franziu a testa. Ergueu um dedo e se levantou. — Um segundo, tenho que atender. Será bem rápido.

— Ah, sim, claro — disse Annie, balançando a cabeça. — Vá atender.

— Obrigado, sinto muito por isso — Casey se desculpou, então atendeu ao telefone enquanto saía do cômodo. — Oi, o que houve? — Ela o ouviu dizer enquanto andava pelo corredor em direção ao quarto.

Bem, já que ela tinha que esperar mais um tempinho, decidiu continuar a leitura. Ela não tinha lido nem duas páginas quando ele voltou com um enorme sorriso estampado no rosto.

— Boas notícias? — ela perguntou, colocando o Kindle de volta em cima da mesa.

— Era o Chris. Ele acabou de receber um telefonema de um dos produtores do show. Nós conseguimos! Passamos para a próxima fase!

— Que maravilha! — Annie exclamou, pulando para lhe dar um abraço. — Parabéns! Essa é uma excelente notícia.

— Eu tenho certeza de que você também vai receber a sua ligação hoje — ele a tranquilizou, abraçando-a bem apertado.

Afastando-se, Annie assentiu.

— Pode ser, mas estou muito feliz por você. Sei quanto trabalhou para isso.

— Isso não significa que você mereça menos — Casey disse sério, acariciando seu rosto suavemente com o polegar.

— Obrigada por dizer isso. Você é um cara muito sensível, sabia?

— Sim, mas não conte isso a ninguém — ele disse em advertência, os olhos brilhando.

Annie levantou dois dedos e assentiu solenemente, lutando contra o sorriso que contraiu seus lábios.

— Seu segredo está seguro comigo.

— Boa menina. Já podemos sair ou precisa de mais tempo para ficar pronta?

Bufando, Annie o cutucou no peito.

— Mais tempo para me aprontar? Só estou te esperando. Você é quem está levando uma eternidade — ela brincou.

— Bem, então vamos. Eu dirijo.

— Legal! Deixe-me pegar minha bolsa e podemos sair.

Demoraram quinze minutos só para encontrar uma vaga no monstruoso estacionamento de vários andares que dava acesso ao Grove, um sofisticado e caro shopping a céu aberto situado no coração do distrito de Fairfax, em Los Angeles. Eles saíram do carro e foram em direção ao elevador. Annie seguiu um pouco atrás de Casey até que ele parou, se virou e lhe estendeu uma mão. Ela encarou a mão por uns segundos, então timidamente colocou a mão sobre a dele. A sensação foi perfeita.

Casey a conduziu para dentro do elevador e se posicionaram na parte de trás quando vários turistas japoneses entraram logo depois. Esmagada contra ele, Annie olhou para Casey e sorriu desculpando-se. Quando chegaram ao térreo, as portas do elevador se abriram e os turistas saíram e imediatamente se juntaram à multidão que se deslocava em direção ao centro do shopping.

Era um belo dia e o sol estava brilhando num céu claro sem nenhuma nuvem à vista. Fechando os olhos, Annie respirou fundo e ouviu o som das pessoas ao redor... conversando, rindo, um bebê chorando, amigos se cumprimentando ao se encontrarem para almoçar ou tomarem uma xícara de café. Ela segurou firmemente a mão de Casey enquanto caminhavam pela multidão que estava reunida em volta da enorme fonte no meio da praça.

A fonte se movia e dançava *That's Amore*, e Annie cantarolava enquanto balançava para trás e para frente. Ela riu para Casey quando ele se inclinou e começou a cantar com uma voz suave perto de seu ouvido, para que ela pudesse ouvi-lo sobre o barulho da multidão.

— Você tem consciência de que essa música é brega?

— Sim, muito — ele concordou, balançando a cabeça enquanto olhava ao redor. — Então, o que você quer fazer primeiro? Compras? Comer? Cinema?

Só então, o estômago de Annie resmungou alto o suficiente para ela e Casey ouvirem mesmo com as pessoas barulhentas em volta deles.

Casey riu.

— Bem, isso responde a minha pergunta. O que você acha? Chinês? Italiano? Cheesecake Factory?

— Humm, por que não vamos andando até o Farmer's Market e comemos algo lá?

— Legal, vamos. — Ele pegou a mão dela novamente e começaram a andar no meio da multidão, afastando-se das lojas de varejo e indo em direção à área do Farmer's Market. Entrando na parte do mercado coberto, eles passaram por uma pequena loja que vendia velas e incenso. Annie fez uma pausa, cheirando o ar.

— Ei, você se importa se entrarmos aqui um segundo? — perguntou ela.

— De modo algum.

Ele a seguiu enquanto se dirigiam para a parte dos incensos, procurando o Nag Champa. Ela rapidamente avistou uma pilha de caixas vermelhas, brancas e azuis e pegou uma, em seguida, foi até a parte das velas e pegou uma com aroma de gardênia. Cheirando-a delicadamente, ela imediatamente deu sua aprovação.

— Mmm, esse cheiro é tão bom. — Ela a ergueu para ele cheirar, fazendo-o concordar.

— Sim, muito bom. Humm... você quer me ajudar a escolher algumas velas para o meu apartamento?

— Certo. Quantas você quer?

— Provavelmente três... para a sala de estar, quarto e banheiro.

— Ok — disse ela, balançando a cabeça. Ela começou a procurar nas velas as que achava mais cheirosas. Pegando várias, Annie as cheirou uma por uma. Se ela gostasse, oferecia a Casey para verificar também. Se não gostasse, torcia o nariz e a colocava de volta no lugar. Somente uma ele não gostou, e foi porque disse que não era um grande fã de baunilha.

Uma pequena senhora de idade veio até eles e ofereceu um pequeno cesto de plástico para colocarem seus itens, mas Annie negou.

— Não há necessidade, já acabamos — disse ela educadamente e agradeceu à mulher pela oferta.

— Encontrou tudo o que precisava? — uma jovem no caixa perguntou de forma agradável quando se aproximaram da frente do balcão.

— Sim, acho que sim — disse Annie.

— Ooh, gardênia! É uma das minhas favoritas — disse a menina com um sorriso quando passou a primeira vela pela caixa registradora. — Você pegou algumas muito boas. Sua casa ficará muito cheirosa.

— Ah, apenas a gardênia e o incenso são meus.

— Pode passar tudo junto — disse Casey, já entregando seu cartão de crédito.

— Oh, você não precisa fazer isso — Annie protestou, mas ele apenas sorriu para ela.

— Não se preocupe, princesa. Uma vela pequena e uma caixa de incensos não vão me levar à falência.

— Eu sei, mas é uma vela de vinte e cinco dólares. Realmente não é necessário... — Ela parou e deu de ombros, balançando a cabeça. — Obrigada, é muito gentil da sua parte.

Depois que terminou de assinar o recibo, ele guardou a via na carteira e pegou as duas sacolas pequenas com uma das mãos e a outra estendeu para segurar a dela novamente, levando-a até os lábios para dar um rápido beijo nos dedos, então se dirigiram para fora da loja.

Annie sentiu como se seu coração estivesse descompassado. Estava um lindo dia, e ela tinha um homem incrivelmente bonito, doce e engraçado passeando com ela, e agora só estava esperando o telefonema que poderia mudar sua vida para sempre. Quando seus pensamentos vagaram para a audição, ela começou a sonhar acordada sobre como seria prosseguir com a carreira como cantora em tempo integral, em vez de ficar presa em um escritório o dia todo.

Eles decidiram comprar sanduíches de uma das barracas de comida e tiveram que caçar uma mesa vazia. Finalmente, Annie viu um casal que estava limpando os restos de seu almoço. Ela acenou para Casey para segui-la, e ziguezagueou por entre as mesas lotadas para alcançar a mesa, agora vazia. Ele colocou a bandeja em cima, em seguida, pediu licença para usar o banheiro.

Quando se sentou e olhou para o celular para verificar se tinha ligações não atendidas, Annie sentiu alguém atrás dela, como se estivesse levantando da mesa.

— Desculpe, com licença — disse uma voz familiar, fazendo com que sua cabeça virasse em reconhecimento.

— Gabe! — ela exclamou, completamente chocada ao vê-lo ali.

— Annie. Oi! — Gabe disse com as sobrancelhas levantadas, obviamente, tão surpreso pelo esbarrão quanto ela. — Uau, bem, isso é meio louco. Eu estava falando de você. Como tem passado?

Annie engoliu em seco. Ele parecia bem... na verdade, ele parecia fantástico. Seu olhar rapidamente viajou para cima e para baixo pelo seu corpo enquanto ela avidamente bebia da visão dele. E ele estava falando sobre ela? Por quê? O que ele estava falando e para quem?

— Ótima! — ela disse com voz falhando, o que a fez corar furiosamente. Limpando a garganta, ela sorriu nervosamente e tentou de novo. — Ótima, eu tenho estado ótima. Como está... hum... como estão as coisas com Genevieve e o bebê?

Ela ouviu uma tosse educada vinda de trás do Gabe, e seu olhar desviou para ver quem estava com ele. Era uma bela mulher mais velha parecendo estar no final dos seus cinquentas anos. Ela tinha um sorriso agradável e estava olhando para Gabe em expectativa.

— Ah, sim... sobre isso... hum... bem, Annie, esta é a minha mãe, Victoria. Mãe, esta é Annie.

Victoria sorriu calorosamente para ela quando se inclinou para apertar sua mão.

— Prazer em conhecê-la, Annie. Já ouvi falar muito sobre você.

— Sério? — Annie murmurou enquanto apertava a mão de Victoria.

— Só coisas boas — Victoria assegurou. — Bem, vou deixar vocês dois terem um tempinho para matarem a saudade. Querido, vou estar lá na loja de molhos de pimenta. Preciso comprar alguns para o seu pai. — Ela beijou o rosto de Gabe e depois acenou para Annie com outro sorriso e deixou-os sozinhos.

— Sua mãe parece legal — Annie disse suavemente.

Gabe balançou a cabeça e voltou a sentar na cadeira, inclinando-se para encará-la.

— Sim, ela é ótima. Olha, eu venho querendo te ligar para conversar.

— É? Conversar sobre o quê? — ela perguntou, arqueando uma sobrancelha em curiosidade.

— Bem, hum... é uma longa história, mas o resultado final é que descobri que eu *não* sou o pai do filho de Genevieve. Ela mentiu para mim e eu descobri quem é o verdadeiro pai. Desnecessário dizer que não estamos mais juntos.

Annie olhou para ele em choque por alguns momentos, então piscou algumas vezes, sem saber se ouviu direito.

— O quê? Está falando sério?

— Sim, é uma loucura, eu sei. Uma coisa muito fodida que ela fez.

— Hum, se é! Quando você descobriu isso?

— Semana passada. Eu venho querendo te ligar, mas depois do jeito que te magoei... honestamente, não tinha certeza do que te dizer, e, de qualquer maneira, não tinha certeza de que você concordaria em me ver.

Sacudindo a cabeça lentamente, Annie olhou para o chão. Normalmente, ela teria ficado emocionada ao ouvir essa notícia, mas agora? Esse era o pior momento do mundo. Antes que pudesse dizer algo mais, Casey voltou do banheiro.

— Uau, a fila está uma loucura — disse ele ao se sentar em frente a Annie. Então, percebeu que ela não disse nada e viu Gabe sentado ali com a cadeira virada para sua mesa.

— Hum, Casey, este é... meu amigo, Gabe — disse ela hesitante, olhando nervosamente de Casey para Gabe e vice-versa.

— Ei, cara, prazer em conhecê-lo — disse Casey, estendendo a mão para Gabe. Ele balançou a cabeça e apertou a mão de Casey, então se levantou.

— Sim, igualmente. Bem, eu não queria me intrometer. Desfrutem do almoço. Annie, foi ótimo te ver novamente. — Gabe sorriu um pouco triste, acenou para os dois e se dirigiu para a mesma direção que sua mãe tinha ido.

Annie o observou se afastar, em seguida, relutantemente, voltou sua atenção para o seu sanduíche não consumido. Não surpreendentemente, ela tinha perdido completamente o apetite, mas fez um esforço para comer a metade do sanduíche de peru e abacate e um pouco de salada de batata. Normalmente, ela teria apreciado os ingredientes frescos com os quais seu almoço foi feito, mas, no momento, só sentia gosto de serragem na boca.

O dia tinha acabado de ir de maravilhoso e perfeito a confuso pra caramba, e sua cabeça estava girando com as possíveis implicações do que Gabe tinha acabado de dizer. Essa era a última coisa que ela esperava acontecer, e não sabia como se sentia em relação à notícia. Casey a estava observando comer com uma expressão cautelosa no rosto, então podia-se dizer que ele suspeitava sobre quem exatamente era Gabe, mesmo que não verbalizasse a pergunta. O que diabos ela ia fazer agora?

104 AUDREY HARTE

Capítulo 8

Annie tirou os sapatos e suspirou quando se inclinou no sofá e ligou a TV. Ela passou pelos canais distraidamente enquanto refletia sobre o resto do encontro da tarde. Após o almoço, ela e Casey fizeram mais algumas compras pelo Farmer's Market antes de irem ao cinema assistir uma comédia que fez os dois rirem alto várias vezes. Mas nem se esforçando a não pensar em Gabe e o que tinha dito a ela, seus pensamentos deixavam de voltar para ele.

Aquele fim de semana em Phoenix tinha sido a experiência mais romântica que ela já tivera na vida. Casey era ótimo e tudo mais, mas foi com Gabe que ela tinha compartilhado algo especial, e ele pareceu que possivelmente queria vê-la de novo. Só que agora ele a tinha visto com Casey, então como saber o que ele estava pensando?

Quando o filme acabou, Casey a levou de volta para a casa dele e disse que ela era bem-vinda a ficar enquanto ele ia até a lavanderia. Normalmente, Annie teria se contentado e dado qualquer desculpa para passar mais tempo com ele. No entanto, após o inesperado encontro com Gabe, tudo o que ela queria era ir para casa; precisava ficar sozinha por um tempo para colocar os pensamentos em ordem.

E se Gabe quisesse outra chance? Ela também queria tentar novamente? Sentia-se em total conflito, embora, de fato, ele não tivesse feito nada de errado. Tinha assumido a responsabilidade por suas ações e tentou fazer a coisa honrosa. Ela poderia culpá-lo por isso?

Ela pegou o celular no bolso e procurou o número dele na lista de contatos. Seu dedo pairou hesitante sobre a tecla de mensagem, depois finalmente a pressionou.

Annie: *Oi.*

Gabe: Oi!

Annie: *Foi bom te ver hoje.*

Gabe: Eu também gostei. Você parece ótima. Gostei do novo corte de cabelo.

Annie: *Obrigada.*

Gabe: Então, como vão as coisas?

De repente, ela não conseguia pensar no que dizer, se deveria ir direto ao assunto, se ele a queria de volta. Como poderia fazer essa pergunta sem parecer desesperada? Roendo a unha do polegar, ela ficou ali sentada olhando para o celular por um minuto. Finalmente, resolveu escrever novamente.

Annie: *Eu senti sua falta.*

Gabe: Deus, eu também senti sua falta.

Annie: *Você partiu a porra do meu coração, sabia?*

Uau. Aquilo saiu muito mais duro do que ela planejava. Mas, ao mesmo tempo, ela quis dizer cada palavra. Ele a tinha feito se apaixonar perdidamente por ele, e depois tirou o chão de debaixo dela antes que soubesse o que estava acontecendo.

Gabe: Droga, eu não pretendia que isso acontecesse. Você sabe disso.

Annie: *Sei lá...*

Gabe: Eu nunca faria algo intencionalmente para te magoar. Jamais.

Annie: *Eu quero acreditar em você.*

Gabe: E deveria. Estou falando a verdade.

Annie: *Não sei se algum dia vou conseguir confiar em você novamente.*

Gabe: O que tenho que fazer para te provar isso? Me diga. Eu faço qualquer coisa.

Annie: *Não é assim tão fácil, você sabe. É mais complicado do que isso.*

Gabe: Por quê? Por causa desse cara? Casey?

Annie: *Bem, também. Você me deixou. Disse que estava voltando com a sua ex-namorada grávida.*

Gabe: Eu sei.

Annie: *O que eu deveria fazer? Sentar e esperar que você mudasse de ideia?*

Gabe: Não, eu sei que você tinha todo direito de seguir em frente. E sei que não tenho direito de te pedir uma nova chance, mas é mais forte do que eu. Preciso de você na minha vida. Por favor, me dê outra chance. Estou te implorando. Juro que nunca mais vou partir seu coração novamente.

Annie fechou os olhos e respirou fundo. Que diabos ela deveria fazer? Aquela era a situação mais louca que já tinha vivido. Nunca imaginou ter dois homens incríveis interessado nela ao mesmo tempo. Casey era um homem bom e tão incrível, que ela realmente queria passar mais tempo com ele. Mas Gabe literalmente balançou seu mundo. E depois a deixou e partiu seu coração em um milhão de pedacinhos. Voltar com ele valia o risco? Ele poderia deixá-la num piscar de olhos depois de fazê-la confiar nele novamente. Bem, mas Casey também poderia fazer o mesmo. A vida era feita basicamente de riscos e apostas. Ela teria coragem de jogar nesse momento?

Annie: *Eu não sei. Preciso de tempo para pensar.*

Gabe: Tudo bem. Eu espero.

Annie: *Você pode ficar esperando por um tempinho... essa é uma decisão muito difícil por mais de uma razão.*

Gabe: Como eu disse, vou esperar.

Annie: *Faça como quiser. Eu ligo quando tiver uma resposta.*

Suspirando, Annie olhou para a TV, rezando por uma inspiração divina que a dissesse qual o caminho certo a seguir. Ela estava prestes a levantar para fazer um chá quando o telefone tocou. Olhando para a tela, ela franziu a testa ao ver um número estranho, não reconhecendo o código de área.

— Alô — disse ela.

— Oi, posso falar com a Annie? Meu nome é Lee Inman e estou ligando em nome da Starway Produções.

— Oh, oi. É ela. — Reconhecendo o nome da empresa de produção do *The Next American Superstar*, Annie começou a sentir suas mãos suarem e o coração disparar.

— Oi, Annie, como você vai?

— Estou bem e você?

— Ótimo. Liguei numa boa hora? Você tem alguns minutos para conversar?

Sentando na beirada do sofá, Annie concordou, e então quase riu alto quando se deu conta de que o homem não podia vê-la balançando a cabeça.

— Sim, claro.

— Ótimo. Então, os produtores passaram um bom tempo analisando todas as audições, e é com prazer que te parabenizo e digo que você se qualificou para passar para a próxima fase. Adoraríamos que se juntasse a nós na nossa última fase de audições em Nova York.

— Caralho!

Lee apenas riu da reação dela.

— Oh, meu Deus, eu sinto muito, não quis dizer isso em voz alta. Mas você está falando sério mesmo?

— Mais sério, impossível — ele assegurou, ainda rindo.

— Juro que não consigo acreditar que isso é real. Muito obrigada! — Annie exclamou, levantando do sofá e pulando para cima e para baixo com entusiasmo enquanto dançava ao redor da sala de estar. — O que eu preciso fazer?

— Vou te transferir para a Janice e ela vai pegar todos os seus dados para reservar os voos. Você vai ficar no The Waldorf Astoria, cortesia do programa.

— Uau, que legal! Obrigada mais uma vez.

— De nada. Tenho certeza de que você vai fazer bonito. Ouça, há mais uma coisa antes de te transferir. Alguém deve entrar em contato com você nos próximos dias para marcar para uma equipe de filmagem te gravar recebendo esse telefonema, o qual vamos reviver juntos. Tudo bem pra você?

— Ah, sim, claro, com certeza. — Annie balançou a cabeça em descrença enquanto falava, pronta para se beliscar. Ela não conseguia acreditar que aquilo estava acontecendo.

— Você ainda mora com a sua família?

— Não, moro sozinha.

— Ok, bem, para a encenação, vamos querer te filmar recebendo a ligação na casa da sua família, se for possível.

— Hum, sim, acho que tudo bem. Só tenho que confirmar com meus pais primeiro.

— Sem problema. Janice vai te dar um número para ligar quando estiver pronta para fazermos a gravação.

— Ok, combinado.

— Ótimo! Nos falamos em breve. Vou te passar para a Janice.

Ele a transferiu para a coordenadora de produção, que foi surpreendentemente doce e muito gentil. Ela esperou pacientemente até Annie encontrar papel para escrever, em seguida, deu o número que ela deveria ligar. Annie mal tinha agradecido à mulher e encerrado a ligação, e já estava pulando de tanta alegria.

— Oh, meu Deus, oh, meu Deus, não acredito que isso está acontecendo!

Instintivamente, a primeira pessoa que ela mandou uma mensagem foi para... Casey.

Annie: *Bem, você estava certo. Acabei de receber o telefonema.*

Ele respondeu imediatamente.

Casey: Recebeu?? E aí? ☺

Annie: *Estou dentro!*

Casey: Aeee, eu não falei? Parabéns, princesa. Estou super feliz por você.

Annie: *Obrigada.* ☺

Casey: Vamos comemorar no próximo fim de semana quando você vier me ver em SF.

Annie: *Hehe Ok, legal... Nos falamos mais tarde... Boa viagem.*

Casey: Obrigado.

Era perfeito, mais do que ela poderia ter imaginado. Casey estava nas finais com ela. Ela não tinha pensado que teria alguém para oferecer apoio moral na que ela tinha certeza de que seria a semana mais difícil de sua vida... se é que conseguisse sobreviver até o fim da semana.

Em seguida, Annie enviou uma mensagem para Alex e perguntou se poderia ir até a casa dele.

Ele respondeu "claro" e, um minuto depois, ela estava na porta dele.

— Está aberta! — Ela o ouviu falar.

Ao entrar, Annie viu Alex na cozinha com as mãos enterradas até os cotovelos no que parecia ser uma mistura de bolo de carne crua.

— Ooh, o que você fazendo? É bolo de carne? — perguntou ela, sentando numa banqueta para assistir.

— Parecido. Estou fazendo almôndegas waikiki — Alex disse enquanto enrolava a primeira bola.

— O que é isso?

— Almôndegas com molho agridoce. Tem pimentas e abacaxi, e pode ser servido com arroz.

— Humm, parece interessante.

— É bom. Você vai ver. E vai experimentar.

— Isso significa que estou convidada para jantar?

— Sim, apesar de ter cancelado comigo. O que você está fazendo aqui? Pensei que fosse passar o fim de semana com o *Magic Mike*.

— Oh, meu Deus, quase esqueci do motivo de eu ter vindo para cá! Você nem sonha em adivinhar quem eu vi hoje quando Casey e eu estávamos almoçando no Farmer's Market do Grove.

— Hummm — Alex murmurou, olhando-a com curiosidade. — Nate?

— Ha, não, apesar de que teria sido tão ruim quanto. Foi o Gabe.

— Caralho! Ele te viu? Você falou com ele? A baranga que ele engravidou estava junto?

Revirando os olhos, Annie negou com cabeça.

— Não, estava lá almoçando com a mãe dele. Ele veio até a nossa mesa quando o Casey estava no banheiro, mas Casey voltou antes de ele ir embora, então fui obrigada a apresentar os dois.

— Ah, merda! Será que Casey sabe quem ele é?

— Não, e não dei maiores informações, mas posso dizer que ele suspeitou. Reconheço que agi um pouco estranha depois que o Gabe foi embora.

— Bem, querida, isso é compreensível. Esse cara fez um papelão com você.

— E ainda nem te contei a pior parte.

As sobrancelhas de Alex subiram, esperando-a contar tudo.

— Então conta logo.

Annie suspirou.

— O filho que a Genevieve espera não é dele. Ela mentiu, ele não é o pai.

— Puta merda.

— Bem isso.

Pegando uma frigideira de um dos armários de cozinha, Alex ligou o fogão e começou a dourar as almôndegas.

— Então, qual é o problema? Ele te quer de volta agora?

— Quer — ela disse, e então gemeu. — Alex, eu não sei o que diabos fazer agora. Casey é incrível, mas a química que tive com Gabe foi fantástica demais.

— Sim, mas você ainda nem dormiu com Casey... ou já? — disse ele, balançando as sobrancelhas sugestivamente para ela.

Rindo alto, Annie negou com a cabeça.

— Dormir, sim. Sexo, não.

— Ahhh, bem, isso não é divertido... mas estou feliz que você esteja indo devagar desta vez.

— Sim, eu também... só que seria bom se tivesse dormido para poder comparar. Estou sendo baixa com isso?

— Não mesmo! Apenas realista. — Alex acabou de dourar as almôndegas e desligou o fogo. Então, vasculhou de novo o armário e pegou uma pequena panela elétrica.

— De qualquer forma, além da minha vida amorosa caótica e complicada, tenho outras novidades. Acabei de receber um telefonema de um dos produtores do *The Next American Superstar*, e passei para as finais!

— Oh, meu Deus, Annie! Isso é incrível! — Alex aplaudiu, dando a volta no balcão para lhe dar um abraço. — Estou tão orgulhoso de você, garotinha.

— Obrigada, estou super animada.

— Deve estar mesmo. Quando vai ser a próxima fase?

— Mais ou menos daqui a um mês, mas eles querem vir aqui para filmar uma reconstituição do telefonema do produtor, ainda essa semana.

— Ooh, olhe só para você, *Coisinha*! Subindo na vida. Não se esqueça de mim quando ficar famosa, querida. — Ele deu a volta de novo no balcão e mediu uma pouco de arroz e juntou água e tempero na panela de arroz.

Annie corou e sacudiu a cabeça.

— Eu não conseguiria ter feito isso sem o seu apoio moral, isso é certo.

— Claro que conseguiria, mas, já que está oferecendo, deixo você me dar o crédito — disse ele com um sorriso, piscando para ela. — Onde serão as finais?

— Em Nova York.

— Legal! Você nunca esteve lá antes, né?

— Não. Nunca fui a nenhum lugar na costa leste.

— Bem, você precisa ir às compras. Vai estar muito frio lá.

— Ah, é. Eu nem tinha pensado nisso. Boa ideia. Viu, eu sabia que precisava de você perto de mim por alguma razão — Annie brincou, sorrindo para ele. — Se eu ganhar, vou te contratar como meu assistente pessoal.

— E vou aceitar o trabalho num piscar de olhos. Bom, garota, parece que você tem muita coisa acontecendo na sua vida agora. Acho que, por enquanto, você deve esquecer os homens e se concentrar em vencer a competição.

— Eu sei... você está certo. A propósito, Casey também passou para as finais.

— Sério? Agora *isso* não está interessante. O que você vai fazer se o grupo dele te derrotar? Vai deixar seus sentimentos por ele atrapalharem sua vitória?

— Inferno não. Quer dizer, eu me importo com Casey e desejo tudo do melhor para ele e o grupo, mas é do sonho da minha carreira que estamos falando. Não vou deixar que nada atrapalhe o meu caminho.

— Boa menina!

Capítulo 9

Afastando o celular da orelha, Annie estremeceu quando a mãe dela gritou alegremente no receptor. Lena Chang poderia ser baixinha, mas sua voz era alta o bastante.

— Você está brincando comigo? Por que não me disse que estava fazendo os testes? Oh, meu Deus, querida! Estou tão orgulhosa de você!

— Obrigada, mãe, mas não sou surda... Bem, agora até que eu poderia ficar. E não quis contar nada até que conseguisse chegar à fase final.

— Desculpe, foi mais forte do que eu, mas uau! Não consigo acreditar que minha filha vai aparecer na televisão e que milhões de pessoas vão votar nela!

— Eu só cheguei à fase final das audições em Nova York. Não sei se estarei nas gravações ao vivo quando o público começa a votar.

— Mas vão exibir as audições, não vão?

Annie soltou uma risada exasperada pela emoção da mãe.

— Sim, eles vão exibir as audições.

— Então eu vou ver a minha filhinha da TV.

— Vai, você vai me ver na TV.

— Mal posso esperar para contar para a família e todos os meus amigos! Todo mundo vai enlouquecer com a notícia. Podemos reunir os amigos e familiares para assistirmos todos juntos. Podemos fazer aqui e...

Revirando os olhos, ela interrompeu o planejamento frenético de sua mãe.

— Espera aí, mãezinha. Por favor, não conte nada a ninguém ainda. Não sei se estamos autorizados a contar. Pode ser que ainda não seja a hora.

Annie então lhe contou que os produtores queriam filmar seus pais também, mas, com medo de sua mãe desmaiar de emoção, ela decidiu dar alguns minutos para ela se a acalmar e dar a notícia primeiro ao pai. Alexander Chang era um o homem que não se irritava facilmente, então ela sabia que podia contar com ele para levar tudo na esportiva, apesar de ser em cima da hora. Ao ouvi-lo falando ao fundo, ela pediu para falar com ele. Um momento depois, a voz familiar de seu pai encheu seu ouvido.

— Oi, docinho, sua mãe acabou de me contar a boa notícia. Parabéns!

Annie sabia que estava com um sorriso bobo no rosto; era inevitável. Ela ainda era a garotinha do papai, e sua aprovação era tudo para ela.

— Obrigada, pai. Ainda estou me beliscando. Não consigo acreditar que isso está realmente acontecendo comigo.

— Bem, não poderia ter acontecido com pessoa melhor, minha querida.

— Aww, obrigada. Estou muito grata pela oportunidade. Só espero não sentir pânico no palco e errar. A última coisa que quero é me humilhar na televisão. — Annie estremeceu com o pensamento.

— Eu tenho certeza de que você vai se sair muito bem. Apenas ensaie, ensaie e ensaie antes do grande dia. Você estará muito bem preparada.

— Sim, eu sei. Estou pensando em contratar um professor de canto para me treinar até lá, mas são tão caros.

— Bem, seu aniversário está quase chegando. Gostaria disso como presente meu e da sua mãe?

Pulando cima e para baixo na ponta dos pés com entusiasmo pela oferta generosa do pai, Annie sorriu largamente.

— Uau, que gentil! Isso seria fantástico, pai. Obrigada, de verdade.

— Claro, querida. Qualquer coisa para a minha garotinha.

— Qualquer coisa? — ela perguntou com um tom esperançoso na voz.

— Uh, oh. Você precisa de mais alguma coisa?

— Bem, sim... o produtor que me ligou disse que eles querem filmar um segmento na casa dos meus pais comigo recebendo o telefonema me informando de passei para a fase final das audições.

— Ok, isso não deve ser problema. Vamos precisar que você nos avise um dia antes para que possamos deixar a casa impecável. Quando eles querem gravar?

Suspirando aliviada, Annie disse que ainda precisava saber de maiores detalhes, mas que seria nos próximos dias. Ela sabia que não teria problemas com os pais, mas ainda assim era reconfortante saber que eles a apoiariam nessa aventura louca.

— Ah, e há uma outra coisa.

Seu pai gemeu e depois riu.

— Ok, desembucha.

Mordendo o lábio, ela hesitou antes de falar. Esse era um enorme favor, e ela não tinha certeza de como ele reagiria. Seu pai sempre dizia para ela e a irmã que ele e sua mãe as criaram para serem adultas responsáveis para não precisarem depender de ninguém. Ele queria que elas tivessem um lugar no mundo e se sustentassem. Mais do que tudo, ela odiava desapontá-lo.

— Bem, se eu passar para a fase das gravações ao vivo, vou ter que sair do meu trabalho.

— Sim... e?

— E então que não conseguirei mais pagar o meu apartamento. Você e mamãe concordariam que eu me mudasse de volta para casa por um tempo? Se eu não ganhar, arrumo um emprego o mais rápido possível e economizo até sair de casa novamente. Prometo não ficar aí mais tempo do que o necessário. — Houve uma longa pausa antes de seu pai responder, o que fez Annie engolir nervosamente enquanto esperava pela resposta.

— Querida, esta é a oportunidade da sua vida. Claro que sua mãe e eu te daremos respaldo de cento e dez por cento. Pode ficar aqui o tempo que precisar. Você me dá orgulho desde o dia em que nasceu. E sei que isso jamais vai mudar.

O lábio de Annie tremia enquanto lágrimas brotaram nos olhos. Significava mais do que qualquer coisa que seus pais acreditassem nela; eles realmente queriam que ela seguisse seus sonhos e tivesse sucesso.

— Obrigada, papai. Te prometo que vou fazer tudo que posso para ganhar este concurso e deixar você e a mamãe muito orgulhosos de mim.

— Querida, estamos orgulhosos de você, não importa se vai vencer ou ficar em último lugar. Só faça o seu melhor.

— Ah, eu vou. Pode apostar sua vida nisso.

— Essa é a minha menina. Aqui, sua mãe quer falar com você de novo.

Depois de se despedir, ele entregou o telefone de volta para sua mãe para que ela pudesse se despedir também.

Seu próximo telefonema foi para a produção. Annie disse a Janice que seus pais deram sinal verde para filmar o segmento e deu o telefone deles para que ela entrasse em contato com seus pais diretamente e acertasse todos os detalhes. Janice informou que ela e seus pais teriam que assinar acordos de não divulgação, que basicamente dizia o que eles poderiam falar ou não sobre qualquer coisa do segmento, até que o episódio fosse ao ar, ou seriam processados. Annie a assegurou de que não diria nada e agradeceu por tudo antes de desligar.

Quando ligou para sua irmã, Leah, ela estava preparada, com o fone longe do ouvido para não ficar surda com os gritos agudos que viriam.

— Oh, Minha Nossa Senhora! Essa é a coisa mais fantástica que já me aconteceu!

— Ei, sou eu quem vai fazer as audições — ela lembrou a Leah, um sorriso torto surgindo nos lábios.

— Eu sei, mas ainda é a melhor coisa que já aconteceu comigo! É como se eu fosse ficar famosa por tabela.

Annie não pôde deixar de sorrir com o entusiasmo da irmã. Era reconfortante saber que toda a sua família estava realmente satisfeita por ela ter conseguido essa oportunidade.

— Bem, estou feliz que você esteja feliz com isso.

— Por que não estaria? Mal posso esperar para contar a todos os meus amigos!

— Bem, se depender de você e da mamãe, acho que toda Los Angeles irá saber. Mas escute, nada pode ser dito ainda. Não sei o que está autorizado a ser falado até a filmagem do segmento. Talvez até que vá ao ar. Pode deixar que eu te aviso.

— Ai, cacete.

— Leah, estou falando sério, você não pode contar a ninguém. Poderíamos ser processados

— Tá bom, tá bom. Onde será a filmagem da última fase? Hollywood?

— Não, os finalistas serão enviados para Nova York.

Leah gritou novamente.

— Oh, uau, a *Big Apple*! Estou morrendo de inveja. Estou querendo voltar lá desde a minha viagem, no ano passado. Você vai adorar, eu juro. Só tome cuidado para não gastar todo o seu dinheiro na Quinta Avenida.

Annie bufou.

— Que dinheiro? Provavelmente não conseguirei comprar nada lá, de qualquer maneira.

— Bem, quando você se tornar uma estrela, vai se dar a esse luxo. A principal loja *Bloomingdale's* é lá, e é uma loucura. Sabia que ela tem uns sete ou oito andares?

— Puta merda. Isso é andar pra caramba.

— Né? Tudo que olhei era ridiculamente caro. Vi um casaco de inverno de uma grife que nunca ouvi falar e custava três mil e quinhentos dólares.

— Caralho!

— Eu sei. Loucura, né?

— Totalmente. Quem pode se dar ao luxo de comprar coisas assim? Todo mundo em Nova York é rico ou o quê?

Leah riu.

— Dificilmente, mas você sabe que Wall Street é lá, e é claro que tem sempre turistas ricos, celebridades que vivem ou trabalham lá ou vão visitar. E, se Deus quiser, em breve, você será uma celebridade, mana! Estou tão feliz por você. Sei que vai ser fantástica.

— Hahaha, bem, sobre ser fantástica, eu não sei, mas com certeza vou dar o meu melhor. O papai disse que ele e a mamãe vão me pagar algumas aulas de canto de presente de aniversário, para que eu esteja o máximo possível preparada.

— Legal! Pois é, já que seu aniversário é no próximo mês, o que mais você quer?

Annie cantarolou e pensou por um momento antes de responder.

— Bem, já que *provavelmente* vou aparecer na TV, qualquer tipo de acessório que você ache atraente seria fantástico.

— Fechado. E sempre que quiser ir num karaokê para praticar, é só me avisar.

— Obrigada, mana.

— Disponha. E veja certinho o dia que a sua apresentação irá ao ar, para que eu possa programar o DVR para gravar.

— Tá, pode deixar. Bem, preciso dar mais alguns telefonemas. Falo com você mais tarde, ok?

— Falou. Amo você!

— Eu te amo mais! — Annie fez um ruído alto de beijo no telefone.

— *Muah.*

Os dias seguintes foram um turbilhão de atividades. Annie ainda tinha que trabalhar, mas também tinha que se preparar para as filmagens na casa de seus pais, em *Calabasas*, sem mencionar a viagem a San Francisco naquele fim de semana para ver Casey. Ela recrutou Katie e Alex para ajudá-la a escolher as roupas para ela e os pais, fazendo-os jurar sigilo absoluto antes de contar sobre a gravação, e eles passaram uma noite inteira aperfeiçoando suas escolhas.

Enquanto estava sentada de pernas cruzadas no chão do quarto com uma taça meio vazia de champanhe na mão, assistindo Alex e Katie atacarem seu armário, Annie tentou manter a calma. Seus dois melhores amigos tiraram quase todas as peças de roupas de dentro e as espalharam pelo quarto para que pudessem examinar melhor todas as opções. Sua tendência à arrumação estava em alvoroço, porém ela mordeu a parte interna da bochecha e sorriu. Sabia que eles tinham boas intenções e só estavam tentando ajudar, mesmo que parecessem estar metodicamente destruindo seu armário cuidadosamente organizado e arrumado.

Após resmungarem e ponderarem pelo que pareceu uma eternidade para Annie, eles finalmente apareceram com três roupas para ela para escolher. A primeira era um vestido de verão azul-esverdeado, a segunda era um jeans skinny branco com uma camiseta rosa-bebê justa e um cardigã combinando, e a terceira e última opção, uma bermuda branca e um top tomara-que-caia amarelo-girassol com um lenço delicado transpassando o pescoço e caindo até a bainha inferior. Ela acabou escolhendo a segunda opção, mas disse que iria manter as outras duas como reserva, caso os produtores não concordassem com a sua escolha.

Katie deu um resumo de suas últimas aventuras românticas e logo todos estavam rindo de algumas das loucuras que ela tinha experimentado. Era difícil de acreditar que uma menina tão bonita como ela tinha tanta dificuldade em encontrar um cara normal, equilibrado e decente, como o resto da população feminina.

— Ok, vocês não vão acreditar na minha merda mais recente. Postei um anúncio no Craigslist... — ela começou a dizer, mas Annie a interrompeu com um gemido e revirou os olhos.

— Craigslist de novo? Sério? Não aprendeu a lição com a minha experiência?

Tomando um gole de champanhe, Katie deu de ombros.

— É mais fácil. Eu posto um anúncio, e, quando os caras me respondem e enviam suas fotos, se não me atraírem, eu os excluo. Se não quiser, não revelo meu nome e foto. É perfeito se você quiser permanecer completamente anônimo até se sentir interessado em alguém.

— Isso é meio obscuro — disse Alex, com um olhar severo no rosto. — Sou obrigado a dar uma de advogado do diabo por um segundo aqui, em nome de todos os homens, e dizer que não é muito justo.

— Cara, você nem mesmo joga nesse time. Mas, independentemente disso, me diga que não faria a mesma merda se não fosse com você — Katie devolveu, mostrando a língua para Alex.

— Isso não vem ao caso — ele respondeu com uma fungada.

Annie levantou para reabastecer as taças de champanhe, primeiro passando por cima de Katie, que estava sentada no meio da cama, e depois virando para onde Alex estava sentado no chão, ao lado da cama, com as costas apoiadas na parede.

— Crianças, sem briga. Ambos têm suas razões. Katie está certa. Honestamente, essa é a maneira mais fácil e rápida de se conhecer alguém. Não sei se funciona da mesma forma para os homens, mas, se você postar um anúncio em *Mulheres Procurando Homens* e for um post decente, vai receber toneladas de e-mails para escolher. Eu excluía automaticamente todos que não vinham com foto. Depois disso, procurei saber se os e-mails eram algo tipo copiar/colar para cada anúncio respondido, ou se tinham tido tempo para escrever uma resposta genuína. — Depois de encher sua taça, ela colocou a garrafa de champanhe na estante de livros e sentou no chão, descansando as costas contra a cômoda, ficando de frente para Alex e Katie novamente.

Alex tomou um gole de champanhe e balançou a cabeça.

— Eu imagino que seja difícil escrever uma resposta genuína, se cada mulher que postar um anúncio for como vocês duas. Por que se incomodar se as chances de a mulher responder são quase nulas?

— Bem, por isso que é melhor ter uma boa foto recente, vai parecer que você se importa, e se for para copiar/colar uma resposta, tente personalizá-la um pouco para fazer parecer que está realmente interessado *nela,* ou se for o caso, nele — Annie disse com naturalidade e Katie concordou com a cabeça.

— De qualquer forma, posso continuar minha história? — perguntou Katie, soando um pouco irritada.

— Desculpe, Katie — Alex e Annie disseram ao mesmo tempo, e os três riram.

— Por favor, continue — disse Annie.

Katie fungou.

— Obrigada. Então, postei outro anúncio no Craigslist, e vocês nunca vão acreditar em quem respondeu.

— Ooh, é alguém que conhecemos? — Alex perguntou, balançando as sobrancelhas.

Rindo, Katie assentiu.

— É, tenho certeza de que você conhece esse cara.

Os olhos de Alex se arregalaram.

— Ok, eu estava brincando quando disse isso. Sério, é alguém que conhecemos?

— Bem, não é alguém que você *conheça,* mas conhece — Katie disse misteriosamente.

Annie respirou fundo.

— Oh, meu Deus, é uma celebridade. Não me diga que você transou com Charlie Sheen!

Katie bufou.

— Qual é, né? Até parece.

Alex riu e tomou um gole de champanhe, sabiamente sem dizer nada.

A testa de Annie franziu enquanto tentava pensar em qual celebridade Katie poderia ter conhecido. Finalmente, ela encolheu os ombros e levantou as mãos.

— Hum, bem, você tem que nos dar uma dica.

— Animal, vegetal ou mineral? — Alex ofereceu prestativamente. — Ou, desta cidade, ator, diretor ou produtor?

Katie assentiu.

— Ok, a categoria é diretor. O gênero é comédia. E chega!

— Uh, Woody Allen — Annie chutou, mas Katie negou com a cabeça.

— Primeiro de tudo, eu nunca sairia com o Woody Allen, independentemente do quão brilhante ele seja — disse Katie com um sorriso.

— Mel Brooks — Alex chutou, fazendo Katie fazer uma carranca e jogar o travesseiro nele.

— Eca, que nojento. Esse cara tem um milhão de anos.

— Ei, olhe para onde você jogou! Quase me fez derramar meu champanhe

— Alex reclamou e jogou o travesseiro de volta em Katie, que gritou.

— Ei, agora foi você quem quase me fez derramar o meu, seu idiota!

— Pobre de mim — Annie murmurou, em seguida, tomou um longo gole de champanhe. — Oh, já sei, Judd Apatow.

Revirando os olhos, Katie suspirou, exasperada.

— Vocês são um zero à esquerda em adivinhações. E não, eu nunca transaria com um homem casado.

— Bem, acho que, se já o conhecemos, então com certeza você transou com ele — disse Annie, rindo de Katie, que estava começando a corar —, mas eu nem sabia que ele era casado.

— Sim, ele é casado com a garota que fez a irmã da Katherine Heigl, em *Ligeiramente Grávidos*. Qual o nome dela? — Katie parou e pensou por um momento, depois estalou os dedos. — Ah, é Leslie Mann.

Annie ergueu as sobrancelhas e assentiu.

— Uau, aprendo algo novo todos os dias.

— Então conta logo — Alex disse, impaciente.

Katie levantou as mãos em sinal de rendição.

— Tá bom, tá bom. Foi Troy Peterson.

Alex e Annie olharam para ela sem expressão.

— Quem?

— Troy Peterson. Você conhece, é o cara que dirigiu comédias como *Because I Hate Flying* e *Baby Time*, e mais recentemente ele dirigiu a trilogia *I'm a Lush*.

Alex ficou boquiaberto, em estado de choque.

— Oh, meu Deus, *aquele* cara? Jura? Quantos anos ele tem?

— Mais novo do que Woody Allen e Mel Brooks — Annie disse, rindo. — Mas acho que ele está na casa dos quarenta. Oh, ei, sabe o quê? Acho que ele é um daqueles diretores que gosta de fazer participações especiais nos próprios filmes, como Quentin Tarantino e M. Night Shyamalan. Eu lembro, ele era o namorado da traficante de drogas ou algo do tipo, em *Baby Time*.

Katie assentiu.

— Sim, e fez participação especial no primeiro filme do *I'm a Lush...* ele estava num elevador com uma garota quando estavam em Vegas.

— Exatamente — disse Annie. — Uau, agora, cada vez que eu assistir os filmes dele, vou pensar no que você está fazendo com ele. — Ela riu, e Katie lhe mostrou do dedo do meio.

— Espera, eu preciso procurar essa merda no IMDb — Alex disse ao pegar o celular. Ele digitou o nome do diretor e esperou que a página carregasse. — Esse cara? Humm, bom. Ele não é tão ruim, eu acho. E caramba, ele deve ter muita grana.

— Não é? Então, esse cara te enviou e-mail e já foi dizendo quem era? — Annie perguntou com um olhar cético no rosto.

Katie riu e balançou a cabeça.

— Não, eu não sabia quem ele era quando respondeu. Ele apenas me enviou um e-mail e uma foto, mas não mencionou nada sobre filmes. Parecia genuíno, e a foto não era tão ruim, então eu respondi. Trocamos alguns e-mails, e depois ele pediu meu telefone.

— Então como você descobriu quem ele era? — perguntou Alex.

Katie virou o resto de seu champanhe e, de forma assertiva, segurando a taça, pediu mais. Annie suspirou, mas levantou para reabastecer a taça.

— Bem, quando ele me ligou, se apresentou como Troy, e nós conversamos mais ou menos por uma meia hora. Eu disse que era modelo e atriz, e ele mencionou que também trabalhava nessa área. Perguntei se ele era ator ou fazia outra coisa. Ele disse que era diretor, então perguntei se ele tinha feito alguma coisa que eu conhecia.

Annie e Alex prestaram atenção em cada palavra de Katie, então, quando ela fez uma pausa para tomar outro gole de champanhe, ambos gemeram.

— Certo, e?

Katie sorriu, parecendo estar se divertindo um pouco demais.

— Ele disse que eu provavelmente *já tinha* ouvido falar de algum trabalho dele, mas queria se encontrar comigo primeiro e, depois de me conhecer, me diria.

Annie assentiu.

— Faz sentido. Então, você ainda não sabia quem ele era até vocês se encontraram, que foi quando ele te disse?

Bufando, Katie balançou o dedo.

— Ah, mana, qual é? Assim que ele me disse isso, corri para o computador e digitei seu primeiro nome na caixa de pesquisa do IMDb. Ele foi o segundo Troy que apareceu, e a imagem que estava lá era a mesma que ele tinha me enviado.

— Sério? Ele não podia ter te enviado uma foto mais recente?

— Pois é. De qualquer forma, assim que nos encontramos no The Cat and The Fiddle, em Hollywood, fingi que ainda não sabia quem ele era.

— Viu? Eu não disse que vocês, mulheres, são obscuras pra cacete.

— Sou, o caramba! Eu não fiz isso — Annie replicou, jogando a rolha da garrafa de champanhe em Alex.

— Ai! Violência de novo, Annie? — Alex choramingou, esfregando o lado da cabeça onde a cortiça atingiu.

— Desculpe, mas você pediu por isso — disse Annie, mostrando a língua para ele. Alex revidou. Annie revirou os olhos. — Então o que aconteceu no bar?

— Bem, tomamos algumas bebidas e conversamos por um tempo e, uns quinze minutos depois, ele perguntou se eu queria ir até a casa dele nas colinas.

Annie assobiou.

— Uau! Então, obviamente, você foi, né?

— Sinceramente, não senti atração alguma. Mas convenhamos, eu estava com Troy Peterson! Tinha que ir até o fim nem que fosse apenas para ter a chance de dizer "Sim, eu já dormi com uma celebridade".

— Seeeeeei! — Annie disse, rindo de Katie.

— Então, como foi? — perguntou Alex. — Conte todos os detalhes.

— Tá, o homem é bem-dotado. Muito bem-dotado.

— Isso é bom — disse Annie.

— Mas tudo o que fiz foi dar um boquete nele por alguns minutos, e então ele me fodeu. Acabou em cinco minutos. Entrei e saí da casa dele em quinze minutos. Fiz um pequeno tour pela casa, transamos, conversamos na cozinha por alguns minutos, e então ele me acompanhou até meu carro. Foi um legítimo pá-pum, muito obrigado, minha senhora, e pronto.

— *Argh*, eu me sentiria muito ofendida — disse Annie, franzindo o nariz.

— Sim, mas a história meio que vale a pena — disse Katie.

Alex assentiu e bocejou com tanta vontade que a mandíbula estalou.

— Bem, meninas, o papo tá bom, mas preciso ir pra cama.

Katie balançou a cabeça e disse que também precisava ir para casa. Depois que se despediram e foram embora, Annie levou as garrafas vazias do champanhe e as taças sujas para a cozinha, em seguida, voltou para o quarto e começou a árdua tarefa de arrumar o armário e colocar tudo de volta nos devidos lugares. Enquanto pendurava uma mão cheia de cabides, o celular tocou.

— Oi, princesa. O que você está fazendo?

As bochechas de Annie aqueceram quando ouviu a voz de Casey, causando um frio na barriga. Ela ficou aliviada com a sensação. A confusão que sentiu depois de ver Gabe no dia anterior a preocupou. Ela não sabia que, depois que ele confessou querer voltar com ela, mudaria o que sentia por Casey.

— Reparando os estragos no meu armário causados pelos meus queridos amigos, Alex e Katie.

— Uh, oh. O que aconteceu?

— Eles estavam me ajudando a escolher algumas roupas... espera... sei que te disse que passei para a fase final de testes, mas não sei se eu estou autorizada a falar sobre isso. Promete não contar?

Casey riu.

— Claro, meus lábios estão selados.

— Bem, quando eu recebi o telefonema, o homem me disse que a produção quer filmar a parte que eu recebo o telefonema na casa dos meus pais.

— Legal! Praticamente, tivemos o mesmo pedido.

— Que máximo! Bem, meus lábios também estão selados.

— Eu não estava preocupado — ele disse, rindo —, mas obrigado.

— Certo. Então, como está tudo com você? Sua cantora já está totalmente recuperada?

— Quase, o suficiente para que ela consiga voltar ao palco novamente. Tivemos um show esta noite, e depois outro na sexta-feira e sábado à noite. — Casey bocejou ao telefone. — Putz, desculpe. Hoje foi um longo dia.

Annie fez um ruído simpático.

— Ah, você deveria dormir um pouco. — Antes que pudesse terminar a frase, ela também bocejou.

— Verdade, estou prestes a desmaiar, e parece que você também precisa da sua cama.

Rindo, Annie concordou e esticou o braço livre por cima da cabeça para se alongar, em seguida, trocou o celular para o outro lado e esticou o outro braço também.

— Estou mesmo, acho que a escolha de figurinos com certeza me esgotou. Devo ir direto para o hotel quando eu chegar?

— Sim, estou hospedado no Westin St. Francis, na Union Square. Adicionei seu nome à reserva do quarto para você quando chegar à recepção, então, pegue apenas a chave.

— Ok, que bom. Bem, é melhor eu deixar você dormir um pouco. Te envio uma mensagem assim que me instalar no quarto.

— Mal posso esperar para te ver.

— Eu também. Bons sonhos.

— Bons sonhos.

Capítulo 10

Annie andava nervosamente pela sala de estar de seus pais, girando os anéis da mão direita, enquanto esperava ouvir uma batida na porta da frente. A equipe de filmagem chegaria logo, e o nó na garganta parecia que estava crescendo a cada minuto. Ela tinha acordado às seis da manhã. Primeiro, se ocupou em se arrumar, depois, dirigiu feito louca até lá para se certificar de que a casa estava impecável. Sua mãe tinha contratado um serviço de limpeza para fazer uma faxina pesada, mas ela ainda queria ter certeza de que tudo estava perfeito.

Ela ia aparecer na TV, a nível nacional. Ainda era difícil de acreditar. Parando na frente do sofá, ela se abaixou para remover um pedaço minúsculo de penugem branca de uma das almofadas marrons.

— Você realmente acha que essa pequena penugem vai aparecer na câmera, querida? — seu pai perguntou com uma sobrancelha erguida. Ele estava sentado na sua poltrona favorita, com seus óculos de leitura, segurando uma xícara de café em uma das mãos e, na outra, um exemplar do *The Wall Street Journal*.

Sua mãe ainda estava no andar de cima se arrumando. Ela já tinha mudado de roupa cinco vezes naquela manhã, antes de se decidir por um jeans skinny preto com uma blusa tomara-que-caia de seda azul-turquesa. Pela forma como estava indecisa sobre a roupa, parecia até que quem iria fazer o teste era ela. Sua mãe tinha uma aparência jovial para a idade, a pele ainda suave e com rugas mínimas, o cabelo loiro e longo era cheio e brilhante. Tanto o pai quanto a mãe pareciam jovens para a idade, então ela estava esperançosa de que ficaria bem quando fosse mais velha.

Enquanto Lena descia as escadas, Annie não conseguiu deixar de sorrir para o rosto radiante da mãe. Ela sabia que sua mãe estava muito animada por sua filha estar tendo essa experiência de aparecer na televisão, em rede nacional. Embora tivesse certeza de que Lena estava extremamente ansiosa para ser o centro das atenções entre seus muitos amigos.

— Uau, mãe, você está ótima! — ela disse, indo em direção à mãe para lhe dar um abraço. — Vou até ficar constrangida diante das câmeras.

— Não fale besteira, ninguém vai conseguir tirar os olhos da minha linda filha de feições exóticas — Lena respondeu e calorosamente abraçou sua primogênita. — E você, querida, está absolutamente linda, mesmo que um pouco nervosa. Devo colocar um pouco de Bailey's no seu café?

Annie riu, mas negou com a cabeça.

— Não, tudo bem, mas obrigada. Eu vou ficar bem. Só quero que eles cheguem logo para acabar com isso.

— Eles marcaram de chegar que horas?

— Às nove. Devem chegar a qualquer momento.

— Certo, então respire fundo, Annie. Sente aqui no sofá comigo. Acho que você está deixando seu pai nervoso, de tanto andar de um lado para o outro.

Alexander piscou um olho para a esposa, mas sabiamente não disse nada, e voltou sua atenção para o café e o jornal.

Annie se permitiu ser levada pela mãe até o sofá e relutantemente sentou. Primeiro, inclinando-se para trás e cruzando as pernas, então as descruzou e novamente se inclinou para a frente, desta vez, cruzando apenas os tornozelos. Lena esticou o braço e colocou a mão em seu joelho.

— Querida, relaxe. Vai ficar tudo bem. Por favor, pare de se remexer — ela advertiu Annie em tom suave.

Suspirando, Annie assentiu e sorriu com tristeza para a mãe.

— Me desculpe, não sei o que há de errado comigo. Não senti metade desse nervosismo nas audições.

Então a campainha tocou, fazendo com que os três tivessem um sobressalto.

— Eles estão aqui! — Annie exclamou com um ligeiro tom de pânico na voz. Ela alisou o cabelo e correu para o espelho do corredor para verificar a maquiagem uma última vez. Alexander desapareceu na cozinha para terminar seu café, enquanto Lena foi até a porta da frente para abri-la. Balançando a cabeça da esquerda para a direita, ela verificou a sala uma última vez, antes de abrir a porta com um sorriso acolhedor no rosto.

— Bom dia. Sra. Chang, eu presumo? — Annie reconheceu a voz de Lee Inman e imediatamente engoliu em seco. Era isso. Hora do show. — Oi, eu sou Lee Inman. Prazer em conhecê-la. Tudo pronto para filmarmos?

— Tão pronta como jamais estive, acho — disse Lena com uma risada. — Vamos entrar. Meu marido volta em alguns minutos.

Um senhor de estatura média, com cabelo loiro areia que parecia estar na casa dos quarenta e poucos anos, entrou na sala, seguido de um jovem atraente um pouco mais baixo, que Annie reconheceu imediatamente.

— Oh, meu Deus, Kyle Atkinson — ela sussurrou em admiração, surpresa ao ver o famoso anfitrião do talk show de uma rádio de LA na casa de seus pais.

— E você deve ser a Annie — disse Lee, oferecendo a mão a ela. Annie acenou e sorriu quando apertou a mão de Lee. — E este é Kyle Atkinson, o anfitrião do nosso show. Ele vai filmar a cena do telefonema com você.

Annie cumprimentou Kyle e disse que estava contente em conhecê-lo, surpresa por conseguir falar sem gaguejar.

— Nós íamos refazer o telefonema com você, mas decidimos que ficaria melhor na TV se filmarmos o Kyle vindo à sua casa para te dar pessoalmente a notícia.

— Claro, o que você achar melhor — ela concordou. Só então, Alexander entrou na sala. Annie apresentou Lee e Kyle a seu pai, em seguida, Lee perguntou se as equipes de câmera e maquiagem poderiam entrar para se posicionarem. Lena assentiu e levou Lee em um curto tour pela casa para mostrar onde ficavam os banheiros, e também um quarto no andar de baixo que poderia servir como camarim, onde poderiam fazer a maquiagem.

As próximas horas foram uma enxurrada de atividades quando um exército de pessoas começou a entrar na casa, posicionar luzes, câmeras e arrumar Annie e os pais para as filmagens. Lee apresentou-os a Anastasia, a supervisora de figurino, uma morena esbelta, alta, com sotaque russo. Ela rapidamente rejeitou a primeira escolha de roupa de Annie, escolhendo o vestido de verão azul-esverdeado.

Em seguida, uma discussão acalorada eclodiu entre Anastasia e Lena, com a mulher mais jovem dizendo à mãe de Annie que ela precisava usar uma cor mais suave, para que não prejudicasse Annie durante as filmagens. Lena finalmente cedeu e subiu para mudar a blusa. Ela reapareceu alguns minutos mais tarde usando uma versão bege da mesma blusa.

— Você ainda está ótima, mãe — Annie tranquilizou-a, mas Lena apenas fungou e deu de ombros.

Finalmente, eles estavam prontos, e Lee deu algumas instruções básicas antes de dizer que as câmeras podiam começar a gravar. Uma hora depois,

Annie abriu a porta pelo que parecia ser a centésima vez e fingiu surpresa, gritando e pulando quando viu Kyle em pé na varanda da frente.

Já era final da tarde quando terminaram de filmar e a paciência de todos estava se esgotando. Depois de Annie fechar a porta quando o último membro da produção saiu, ela trocou um olhar com os pais, e então os três relaxaram e visivelmente deixaram escapar um profundo suspiro de alívio.

— Isso foi um horror — Annie disse primeiro. Seus pais trocaram um olhar e depois começaram a rir.

— Bem, espero que não precisemos fazer isso de novo tão cedo — seu pai disse, esperançoso.

Annie riu e balançou a cabeça.

— Espero que não. Acho que vamos ver quão bem me saio.

— Não deixe que isso a impeça de dar tudo de si. Além disso, provavelmente eles não filmariam na nossa casa de novo, né?

— Provavelmente não. Obrigada, pessoal, por fazerem isso. Lamento ter falado tão em cima da hora e ficado insana aqui. Significa muito que vocês tenham aguentado tudo isso por mim. Mãe, você está realmente bonita. Tenho certeza de que suas amigas vão ficar verdes de inveja.

Lena atravessou a sala até Annie, beijando suas bochechas, em seguida, a abraçou bem apertado.

— Eu te amo, querida, sabe disso, né? Você é para mim e seu pai somente orgulho e alegria. Sei que agora você vai bater asas.

— Levantar voo, mãe — Annie a corrigiu com um sorriso. Ela não era boa com provérbios.

— Levantar voo, bater asas. É tudo a mesma coisa — Lena respondeu com uma fungada.

Annie riu.

— Eu também te amo, mãe. — Alexander levantou para se juntar à esposa e à filha mais velha, envolvendo as duas em um longo abraço.

— Eu sou um homem abençoado e amaldiçoado — disse ele, beijando o topo da cabeça da esposa, em seguida, a testa da filha —, e não poderia querer outra vida.

Sua família teve a quota de problemas e drama, mas, no final, eles sempre se uniam, independente do que acontecesse. Sentindo o amor e o apoio dos pais enquanto estava ali, abraçando os dois, Annie percebeu sua determinação fortalecida para correr atrás de seu sonho. Este era o primeiro dia de uma nova vida, e ela ia mergulhar de cabeça e determinada. Não ia deixar a oportunidade escapar por entre os dedos por ser covarde e não correr atrás.

A sexta-feira voou rapidamente, para espanto e alegria de Annie; ela estava ansiosa para entrar no avião e ir para San Francisco. Parecia que estava trabalhando há apenas algumas horas quando olhou para o relógio, e viu que já eram cinco horas.

Quando saiu do escritório e se dirigiu para o estacionamento, Annie acessou o app Uber no celular para solicitar um carro. Era um novo serviço ao qual Katie a tinha apresentado, e ela finalmente teve a oportunidade de experimentá-lo. Mala na mão, ela desceu a rua, então seria fácil para o motorista encontrá-la. Poucos minutos depois, o telefone tocou.

— Alô, aqui é o Oscar, da Uber. Você pediu um carro?

— Sim, pedi. Onde você está? — perguntou Annie, mas logo ela viu um Camry preto dirigindo devagar pela rua, em direção a ela. — Oh, acho que já te vi — ela disse enquanto acenava. O motorista acenou de volta e ela desligou o telefone. Depois de parar no meio-fio, ele saiu do carro para ajudá-la com a bagagem de mão e a colocou no porta-malas, em seguida, abriu a porta do passageiro para ela.

Quando ele voltou ao banco do motorista, Annie disse que ia para o aeroporto. Cerca de quinze minutos depois, eles pararam na frente da área de embarque. Oscar retirou do porta-malas a bagagem e a entregou. Ela o agradeceu e prometeu fazer uma boa avaliação do serviço dele, antes de entrar no aeroporto. Já com o cartão de embarque impresso desde o dia anterior, ela embarcou direto.

As pessoas já estavam começando a entrar no avião quando Annie finalmente chegou ao portão. Ao embarcar, ficou muito satisfeita por sentar no meio do avião, na janela. Ela rapidamente arrumou a mala no compartimento de bagagem, em seguida, sentou e conectou seus fones de ouvido. Procurando pelo iPhone, ela encontrou sua lista de reprodução favorita e se recostou para tirar uma soneca. O voo para San Francisco era de mais ou menos duas horas. O avião aterrissaria antes que ela se desse conta.

Annie pensou que mal tinha fechado os olhos quando sentiu o avião pousar. Ela reuniu seus pertences, esperou a vez de se levantar e começar a sair lentamente do avião. Religando o celular, esperou alguns momentos até ele entrar em serviço novamente. Quando conseguiu, ela viu que tinha recebido três mensagens de texto. Uma era de Katie perguntando como foi a filmagem, a segunda era de Casey dizendo que estava ansioso para vê-la em poucas horas, e a terceira, de Gabe... perguntando se ela tinha tido tempo para pensar sobre o que ele lhe perguntou.

Oh, Deus, Annie não tinha realmente pensado muito em Gabe durante a semana. Ela tinha estado muito ocupada para ter tempo de pensar nisso, e não sabia o que ia fazer a respeito, então evitava o assunto. Enquanto caminhava pelo corredor do terminal para a esteira de bagagem, puxando sua mala de mão, ela mandou uma mensagem de volta com duas palavras.

Annie: *Ainda pensando...*

Alguns momentos depois, Gabe mandou outra mensagem.

Gabe: Ok... apenas verificando. Tenha um ótimo fim de semana.

Annie: *Obrigada, você também.*

Annie suspirou enquanto se dirigia para a área de táxi. Ela se juntou à curta fila, e, poucos minutos depois, estava a caminho do hotel Westin St. Francis. Antes que percebesse, o carro estava estacionando. Depois de pagar ao motorista, Annie se dirigiu para dentro. Ela deu seu nome na recepção, em seguida, entregou a carteira de motorista para que sua identidade fosse verificada. Um minuto depois, ela estava caminhando em direção ao elevador, o cartão-chave do quarto na mão. Pegando o elevador até o vigésimo andar, Annie, caminhou pelo curto corredor até chegar ao quarto de Casey. Ao entrar, viu que ele tinha deixado as luzes acesas para ela.

O quarto parecia bastante intocado, exceto pela mala que estava ao lado da cama. Annie colocou a bagagem de mão do lado oposto e a abriu para pegar seus artigos de higiene. Ela foi direto para o banheiro tomar banho e se arrumar.

Não demorou muito no banho, pois queria ter tempo para secar e enrolar o cabelo e fazer a maquiagem antes de Casey voltar. Depois de finalizar o último cacho, Annie tinha acabado de pegar a maquiagem na bolsa quando ouviu o beep do celular notificando a chegada de uma mensagem. Era de Casey.

Casey: Oi, linda. Estou voltando para o hotel. Espero que tenha trazido algo que você possa usar para balançar a bunda... vamos dançar um pouco com alguns dos outros dançarinos.

Annie: *rsrs, ok, vou pensar no seu caso. Eu trouxe uma "coisinha" que deve funcionar.*

Casey: Deu até medo. Chego aí em vinte minutos, mais ou menos.

Annie: *Ok, te vejo em breve.*

Annie teve um cuidado todo especial em se preparar para a noite. Ela estava usando um novo perfume da Victoria's Secret que tinha adorado e achado *muito sexy para ela*, e estava ansiosa para ver o que Casey acharia.

Vestiu primeiro seu jeans skinny branco e uma blusa de seda preta que era frisada com pequenos cristais pretos ao longo do pescoço. Em seguida, calçou um elegante, mas confortável, par preto de salto alto *Madden Girl* e colocou algumas coisas dentro de uma pequena bolsa preta. Verificando seu reflexo no espelho do banheiro, ela finalmente concordou em aprovação. Ela estava pronta para o rock.

144 AUDREY HARTE

Capítulo 11

Casey foi fiel à sua palavra, e, cerca de vinte minutos depois, entrou no quarto, mais bonito do que deveria ser legal. Annie se levantou de onde estava sentada no sofá esperando e foi cumprimentá-lo com um abraço e um beijo. Ele sorriu largamente quando a encontrou no meio do caminho, devolvendo o abraço e o beijo com entusiasmo.

— Oi, princesa — ele disse suavemente enquanto a olhava nos olhos, e, gentilmente, passou o polegar por seu rosto para tirar um cílio perdido. Ele o colocou no dorso da mão, em seguida, ofereceu a ela. — Faça um desejo.

Annie riu e pensou por um momento antes de fechar os olhos, soprando suavemente sua mão e fazendo o desejo. Silenciosamente, ela desejou poder sempre se sentir feliz como quando ele estava por perto. E foi nesse mesmo momento que tudo ficou claro para Annie: ela estava pronta para tomar sua decisão sobre Gabe. Não importava o que ele disse e o quanto foi bom o tempo em que ficaram juntos, o fato era que, quando teve que tomar uma decisão difícil, ele escolheu outra pessoa. Independentemente do motivo, o resultado foi que ela não conseguiria mais confiar nele.

Assim que reconheceu isso, Annie sentiu uma enorme onda de alívio. No fundo, ela sempre soube a resposta. E que melhor momento? Agora ela podia desfrutar do fim de semana com Casey com a consciência limpa.

— O que você desejou? — ele perguntou, curioso.

— Não posso dizer, senão não se torna realidade.

— Me conta mesmo assim. — Ele a segurou pelo queixo e trouxe seus lábios nos dele, mas Annie rapidamente interrompeu o beijo.

— Não, não. E você não pode me beijar para eu falar, embora seja bem-vindo a tentar.

— Humm, é assim?

Annie sorriu e o beijou novamente. Esta noite era *a* noite. Pelo menos, ela esperava que fosse.

— Então, aonde vamos?

— Ruby Skye. Fica a uma esquina daqui.

— Parece legal. Já esteve lá antes?

— Já, é legal. Você vai se divertir, e vai estar comigo.

— Verdade.

— Bem, só preciso me refrescar e me trocar. Me dê dez minutos. — Ele a beijou mais uma vez, em seguida, divertidamente deu um tapa na bunda dela antes de ir para o banheiro.

Ao sentar no sofá para esperá-lo, Annie pensou sobre como estava realmente ansiosa para dançar com Casey. Sem nunca ter dançado com um dançarino profissional antes, ela só esperava não fazer papel de boba. Ela tinha ritmo, mas sabia que suas habilidades não poderiam ser comparadas às de alguém que passa a vida dançando.

Já que ainda tinha alguns minutos para Casey se arrumar, Annie decidiu enviar uma mensagem de texto para Gabe e contar o que decidiu. Ela gostava muito dele como pessoa para fazê-lo ficar esperando mais tempo do que o necessário. Mas, depois que terminou de digitar, mesmo sabendo que estava tomando a decisão certa, seu dedo ainda pairou hesitante sobre a tecla enviar, antes de finalmente apertá-la, suspirando quando o texto foi enviado.

Annie: *Então, sobre o que você disse... não estou dizendo que o que tivemos juntos não significou para mim, mas, quando você escolheu Genevieve a mim, quando poderia ter ficado comigo e ainda ter sido um bom pai para o seu filho, tudo mudou. Como posso confiar em você de novo depois disso? Sinto muito, mas a resposta é não.*

Gabe: Eu entendo. Me desculpe novamente, por tudo. Espero que esse cara te faça feliz.

Annie: *Bem, ele ainda não me fez chorar.*

Gabe: Ai, essa eu mereci. Bem, espero que ele nunca faça. Eu poderia ter que chutar a bunda dele.

Annie: *Hehe, engraçadinho. Cuide-se.*

Gabe: Você também, Annie.

— Você viu minha bolsa de lona? — Casey perguntou quando voltou para a sala de estar, agora vestindo um jeans surrado e uma camisa preta de botões, de manga comprida. Ele estava enfiando a carteira no bolso de trás enquanto caminhava pela sala, à procura da bolsa.

Annie olhou para trás do sofá e viu uma bolsa azul no chão.

— Está aqui — disse ela, apontando atrás do sofá.

Ele atravessou a sala para pegar a bolsa e remexeu nela por um momento antes de se endireitar.

— Venha cá — ele disse, acenando para ela se levantar e se juntar a ele atrás do sofá.

Com um sorriso curioso, Annie fez o que ele pediu, finalmente vendo-o com uma pequena caixa nas mãos.

— O que é isso? — ela perguntou com uma sobrancelha erguida.

— Um presente para você — disse ele. — Abra.

— Ah, não precisa.

Casey revirou os olhos e sacudiu a caixa para ela.

— Eu sei que não precisa. Feche a boca e abra já essa bendita coisa.

Annie riu e pegou a caixa dele.

— Ok, ok. — Cuidadosamente, ela abriu e fez um *Ohhhh* em voz alta quando viu o mais belo par de brincos abalone, juntamente com um colar correspondente. O pingente do colar e os brincos eram em forma de lágrima, e ela adorou como a cor verde se unia ao azul, formando a matiz global do arco-íris. — Oh, são tão bonitos! — exclamou ela, jogando os braços em volta do pescoço de Casey e beijando-o com um estalido alto. — Obrigada, eu adorei!

— Quer colocá-los agora? — ele perguntou.

Balançando a cabeça, ela tirou os brincos de argola de prata e colocou os brincos abalone.

— Vou guardar o colar para uma outra ocasião. Você não vai conseguir ver com o que estou vestindo, de qualquer maneira — ela disse, apontando para o decote da blusa. — Como estou?

— Boa o suficiente para comer. — Ele se inclinou e lhe deu um longo, lento e prolongado beijo. Quando Annie abriu os olhos novamente, viu que ele estava sorrindo presunçosamente para ela. Ela o bateu no peito de brincadeira e o empurrou.

— Está frio lá fora? — ela perguntou, pegando uma jaqueta de couro preta.

— Sim, muito frio. Você pode deixar o casaco na chapelaria quando chegarmos lá.

Annie assentiu e vestiu a jaqueta, depois pegou a mão dele quando a ofereceu. Ele abriu a porta com uma mão e com a outra a puxou para passar na frente, então a seguiu logo atrás. Enquanto caminhavam pelo corredor até os elevadores, ela sentiu como se tivesse dezesseis anos de novo, entrando de cabeça na primeira paixão. Ela queria rabiscar seus futuros nome no caderno: *Annie Jackson. Annie Ella Jackson. Sra. Annie Jackson. Sra. Casey Jackson. A. Jackson. AJ. CJ e AJ apaixonados para sempre.*

Ok, eu realmente preciso parar isso. E talvez fazer um exame na cabeça.

Entrando no elevador, Annie pensou em por que ainda não tinham dormido juntos. Ele poderia ser uma negação na cama. Ou pior, poderia ter um pênis pequeno. Ela teria forças para desenhar o nome de um cara bonitão, sensível e verdadeiro... se tivesse o menor pênis do mundo?

Ela tinha visto um pênis minúsculo uma vez. Era tão pequeno quando estava flácido que ela riu alto e perguntou onde estava, em seguida, claro, imediatamente se arrependeu quando viu a expressão de mágoa no rosto do cara. Mas era como uma tartaruga quando coloca a cabeça para fora do casco. Até onde ela sabia, Casey poderia ser minúsculo também. *Caralho.* Ela realmente esperava transar com ele esta noite. Então poderia se certificar.

Lá fora, Annie estava enfiada confortavelmente debaixo do braço de Casey quando ele sugeriu que fossem andando até a boate. Vendo o olhar de horror em seu rosto, ele olhou para baixo.

— Uh, ou talvez possamos pegar um táxi — ele disse, sorrindo. Ela sorriu agradecida para ele e entrou no táxi, indo para a outra ponta para que ele entrasse depois dela. — Ruby Skye — Casey disse ao motorista. — É logo ali na esquina. — O motorista grunhiu, e Casey se desculpou. — Sei que é logo ali, mas ela está usando esses mega saltos, amigo. Vou te dar uma boa gorjeta. — O motorista grunhiu novamente, mas finalmente se afastou do meio-fio.

Quando pararam em frente à boate, poucos minutos depois, Casey deu ao motorista uma nota de vinte e saiu do carro, virando-se para ajudar Annie. Ela gemeu quando viu que havia uma fila dando a volta no quarteirão, mas Casey apenas lhe acariciou a mão e riu. Então ele foi até o segurança no início da fila, um enorme e corpulento cara negro, que balançou a cabeça e deu um passo à frente para fazer um desses apertos de mão de homem, com punhos se chocando.

— E aí, CJ? — o segurança perguntou, com os olhos brilhando quando finalmente viu Annie ali de pé. — E quem é essa gostosa, e por que diabos ela está com você?

Annie corou enquanto Casey estendeu a mão para puxá-la para o seu lado novamente.

— Annie, este cavalheiro mal-educado é o Lucius. Lucius, esta linda mulher é a Annie, e sabe, eu venho me perguntando a mesma coisa. Acho que sou um cara de sorte.

— Sorte o caralho. — Depois de Lucius deixá-los passar pela corda de veludo vermelha, Casey virou-se para agradecê-lo. No entanto, Lucius aproveitou a oportunidade para agarrar a mão de Annie e a levar aos lábios para um beijo. Com uma voz profunda e grave, que a fez lembrar-se de Michael Clarke Duncan, ele olhou profundamente nos olhos dela e disse: — Querida, quando você se cansar desse idiota e estiver pronta para um homem de verdade, é só chamar o Lucius. — Suas bochechas ficaram em chamas e ela riu nervosamente, mas ele finalmente soltou sua mão quando Casey soltou uma gargalhada e puxou-a para longe, entrando na boate.

— Continue sonhando, Lucius — ele falou logo atrás —, mas foi uma boa tentativa.

Enquanto caminhavam mais para dentro da boate, a música foi ficando mais e mais alta e o chão vibrando com o som do baixo. Tirando a jaqueta, Annie a entregou à menina da chapelaria e pegou o ticket.

Casey liderou o caminho até o bar e perguntou o que ela queria beber, em seguida, se inclinou até o barman para fazer o pedido. Enquanto esperavam, Casey tirou o celular do bolso e começou a enviar mensagens de texto.

— O pessoal provavelmente já está na pista de dança, então estou avisando que estamos no bar.

Annie assentiu e pegou o copo de tequila que o barman tinha acabado de colocar na frente dela e esperou por Casey pegar o dele também. Depois de um rápido *tim tim*, ambos sorriram, em seguida, viraram os shots. Quando o álcool atingiu sua língua, Annie fez uma careta e pousou o copo com um barulho no balcão.

— Outro? — ele gritou por cima da música, erguendo uma sobrancelha para ela. Ela assentiu e ele levantou dois dedos para o barman.

Um minuto depois, Casey olhou para baixo quando seu celular vibrou. Depois de ler a mensagem, guardou o celular de volta no bolso e inclinou-se para ela, e, sem gritar, mas ainda alto, falou:

— Eles estão vindo até aqui para uma rodada de bebidas. Então, vamos esperar, depois vamos todos juntos para a pista de dança.

— Ok! — ela disse, acenando com o polegar. O barman colocou no balcão a nova rodada de shots, e eles novamente bateram um copo no outro. — Banzai! — ela gritou e depois virou seu shot.

— Banzai! — ele gritou, rindo, e depois virou o dele também.

Casey tinha acabado de pedir mais uma rodada quando foi agarrado por trás por duas meninas louras, com pouca roupa e rindo.

— Casey! — elas gritaram e o cercaram, uma de cada lado, agarrando-o pelo braço e beijando-o na bochecha.

Annie foi empurrada para trás no processo, fazendo-a bater forte em alguém atrás dela. Ela pisou, sem querer, em algo quando tropeçou.

— Oh, Deus, eu sinto muito! — Annie gritou quando se virou, pedindo desculpas ao dono do pé que tinha acabado de pisar com o salto. Mas quaisquer outras palavras foram esquecidas quando viu o homem lindo que estava ali, com uma careta no rosto, olhando para o pé lesionado.

Ela imaginou que ele tivesse por volta de 1,88m de altura. Tinha o cabelo loiro curto e espetado, olhos azuis profundos, e na sobrancelha direita havia um piercing. Seus bíceps protuberantes mal eram contidos pela camisa cinza de mangas compridas e gola V, que usava com jeans de grife. Ela viu um pedaço de tatuagem no antebraço esquerdo quando ele gesticulou, mas não conseguiu identificar o que era.

— Acho que meus dedos ainda estão intactos, mas qual é seu nome, caso eu tenha que apresentar queixa? — ele perguntou, olhando seriamente para ela.

Annie respirou com dificuldade e começou a se desculpar novamente.

— Oh, meu Deus, você pode fazer isso? Você vai mesmo me processar? Me desculpe. Me empurraram em cima de você. Eu não pisei no seu pé de propósito! — Tardiamente, ela viu o brilho nos olhos dele e parou. Sorrindo, Annie ergueu uma sobrancelha para ele. — Se divertindo fazendo eu me sentir uma merda completa? — ela perguntou.

Ele jogou a cabeça para trás e riu, mostrando um grande conjunto de dentes uniformes e brancos.

— Ei, você *pisou* no meu pé — ele a lembrou com uma piscadinha —, e agora está evitando me dizer seu nome.

— Oh, desculpe. Meu nome é Annie — disse ela, estendendo a mão para apertar a dele.

— Annie. É bom conhecê-la. — Ele pegou a mão oferecida. Era a segunda vez esta noite que um homem beijava sua mão. Annie estava começando a se perguntar em que ano ela estava.

— E o seu nome é? — ela perguntou.

— O nome dele é Trey — Casey disse ao se aproximar deles, finalmente, conseguindo se desvencilhar de seu fã-clube feminino. — E aí, cara? Vejo que conheceu a minha garota, Annie.

— Sua garota? Sério? — Trey perguntou secamente, dando a Casey um sorriso tenso. Casey passou o braço possessivamente em volta do ombro de Annie e continuou olhando para Trey com uma expressão fria no rosto. Os dois homens continuaram a se olhar durante longos segundos desconfortáveis. Finalmente, Trey olhou para Annie, então de volta para Casey e deu de ombros. — Que pena. — Ele pediu licença, acenou brevemente para Casey e desapareceu no meio da multidão.

Enquanto apreciava a atitude um pouco homem das cavernas que Casey, de repente, adotou em relação a ela na frente de Trey, Annie, ao mesmo tempo, também se sentiu um pouco irritada. Delicadamente soltou a mão da dele, cruzou os braços e olhou para ele incisivamente.

— Importa-se de me dizer o que foi aquilo tudo?

Casey cerrou os dentes e balançou a cabeça.

— Esse cara é problema, confie em mim. — Foi tudo o que disse.

Annie esperou que ele elaborasse sua declaração, mas ele não disse nada. Finalmente, ela revirou os olhos e deu de ombros.

— Tudo bem, então. Vou aceitar a sua palavra. Mas tudo o que sei é que ele só estava sendo legal comigo quando o seu fã-clube me empurrou pra cima dele.

Casey teve a graça de parecer envergonhado.

Tudo acontece no momento *Certo* 153

— Hum, eu vi, sinto muito por isso. Kelli e Kelly... elas geralmente são meninas muito agradáveis, mas já beberam muito — ele terminou sem jeito.

Annie apenas o encarou por uns momentos antes de responder. Ela podia fazer isso. Podia tomar as rédeas da situação e não agir como uma namorada ciumenta. Ela poderia se mostrar confiante e segura.

— Não importa. Vamos apenas tomar outro shot e ir para a pista de dança.

Um sorriso atravessou seu rosto e ele assentiu, virando-se para o barman para pedir mais uma rodada. Depois de virarem os shots, Casey pegou a mão de Annie e a puxou para mais perto, fazendo o corpo dela grudar no dele. Ele passou os braços em volta dela e, por um momento, parecia que o resto do salão estava desfocado, movendo-se em câmera lenta. Então, tudo o que existia ali era somente os dois, e, quando ele a olhou fixamente, um pequeno sorriso apareceu em seus lábios.

— Pronta para embarcar nessa comigo agora? — ele perguntou.

— Pronta como jamais estarei — respondeu ela.

Casey a beijou intensamente, em seguida, segurou a mão dela e viraram, indo junto com a multidão em direção à pista de dança. Enquanto passavam através da massa de corpos suados girando uns contra os outros, Annie engoliu em seco. Rapidamente começou a rezar repetidamente.

Por favor, Deus, me faça parecer calma e não me deixe fazer papel de idiota. Por favor, Deus, me faça parecer genial essa noite.

Quando chegaram ao meio da pista de dança, Casey finalmente parou. Annie olhou em volta e reconheceu as duas meninas que tinham pulado nele no bar. Elas a encararam fuzilando-a com o olhar. Annie se sentiu um pouco surpresa com a flagrante hostilidade irradiada das duas. Desconfortável, ela se virou de frente para Casey, que estava inclinado para a esquerda com a cabeça baixa, enquanto um cara gritava algo em seu ouvido. Ele gargalhou do que quer que o cara disse e balançou a cabeça, em seguida, colidiram com os punhos e ele se virou de frente para ela.

A música tinha acabado de mudar para o clássico hip hop *Can I Get A?*, cantada por Jay Z. Casey sorriu para Annie, deslizando a mão para descansar um pouco acima de sua bunda, então começou a se mover. E, cara, ele sabia se mover. Foi inevitável o sorriso que se espalhou pelo rosto dela enquanto o sentia ondular tão facilmente contra ela. E foi melhor ainda o fato de que ela estava realmente se movendo em perfeita harmonia com ele. Dançar com Casey era a sensação mais natural e erótica do mundo para ela.

Annie riu alto quando ele lhe disse para pular junto com ele na batida de Jay Z, e depois novamente quando ela viu o olhar simulado ofendido quando ela gritou "fuck you" com Ja Rule. Foi só ela fazer cócegas nas costelas dele e seu sorriso sexy estava de volta no mesmo instante.

Quando a música mudou para *Ghetto Superstar*, do Pras, Annie se animou com a multidão de dançarinos e começou a cantar junto com Mya. Casey novamente cantou e dançou em perfeita harmonia com Pras, fazendo Annie balançar a cabeça e rir. Quando voltou de novo para a parte da Mya, ela cantou junto, balançando o dedo para ele quando se afastou um pouco e dançou. Seus olhos estavam colados nela enquanto dançava. Se ele pensou que ela iria fazer feio, sua expressão não o traiu. Parecia que ele estava gostando do show que ela estava proporcionando a ele.

Borboletas esvoaçavam loucamente em seu estômago quando ela sentiu os olhos dele a devorando enquanto dançava. Quando ela terminou de cantar, ele rapidamente pegou sua mão e a puxou de volta para ele, deslizando as mãos para baixo para agarrar firmemente sua bunda. Ela arfou quando ele roçou o quadril nela. Ela podia sentir a dureza de sua ereção através das camadas de roupa, o que fez seu sorriso alargar tanto que chegou a pensar que fosse dividir seu rosto em dois. Mentalmente, ela vangloriou-se de alívio.

Aeee, ele definitivamente não é um homem de pênis minúsculo igual ao de tartaruga!

Um segundo depois, ele a estava beijando avidamente, seus lábios agora reivindicando o que seus olhos tinham ansiosamente devorado momentos antes. Perdida no beijo, Annie ficou surpresa quando alguém esbarrou neles e disse para encontrarem um quarto. Corando fervorosamente, ela tentou se afastar de Casey, mas ele não a soltou. Ele simplesmente riu e deu um soco de brincadeira no ombro do cara que tinha acabado de interromper sua sessão de amassos improvisada.

— Você está com inveja, cara — disse ele ao cara que começou a discordar, mas depois parou e deu de ombros.

— É, pode ser. Sua garota é gostosa! — ele gritou por cima da música, fazendo Annie corar novamente.

— Controle-se, você só pensa nisso, Mike — Casey gritou de volta para ele, fazendo Mike rir e balançar a cabeça.

— Cale a boca, seu idiota. Eu não sou um animal.

Annie riu da resposta de Mike. Ele sorriu descaradamente para ela, em seguida, se afastou para dançar no meio da multidão. Assim que Mike saiu, outro cara se aproximou e disse oi.

— E aí, Travis? Esta é a Annie. Annie, este é o Travis — Casey gritou, apresentando-os.

— Oi, Annie, prazer te conhecer. Esse perdedor te cantou hoje à noite? — Travis gritou de volta, com um sorriso arrogante.

Annie riu e balançou a cabeça.

— Não, cheguei de Los Angeles hoje mais cedo.

— Oh, legal. Você vai para o show de amanhã à noite?

— Sim, ela estará lá. Então, ela poderá rir enquanto essa sua bunda magra tentar competir comigo. — Travis mostrou o dedo do meio, fazendo Casey rir.

— Você vai ter que perdoá-lo. Ele está lidando com um monte de frustração reprimida — Annie disse a Travis com um sorriso de desculpas, quando deu uma cotovelada nas costelas de Casey.

— Haha, sua namorada tentando fazer bonito por você. Isso é tão meigo. — Travis agitou os cílios, entrelaçando os dedos sob o queixo e soltando beijinhos. Casey apenas sorriu e mostrou o dedo do meio, em seguida, colocou a mão no rosto de Travis e levemente o empurrou antes de retomar a dança com Annie. Travis também mostrou o dedo do meio e sorriu antes de sumir no meio da multidão.

— Seus amigos são interessantes — ela disse, arqueando uma sobrancelha para ele —, mas parecem muito legais.

— Sim, eles são. — Casey deu-lhe um beijo rápido, então inclinou a cabeça para trás e fechou os olhos enquanto dançava com ela. Ela deitou a cabeça no peito dele, fechando os olhos enquanto se moviam juntos. Eles dançaram a música após música por mais uma hora antes de ele finalmente fazer menção com a cabeça em direção à escada, sugerindo irem embora. Ela assentiu, seguindo-o através da multidão, subindo as escadas e saindo para o ar fresco da noite.

— Oh, minha jaqueta — disse Annie, parando para pegar dentro da *clutch* o ticket. Casey estendeu a mão, ela o entregou e esperou enquanto ele voltava para dentro da boate, voltando alguns minutos depois com a jaqueta pendurada no braço. Tremendo, ela esticou o braço para ele, que, galantemente, a ajudou a vestir cada braço, em seguida, a virou e fechou. — Adoro a forma como você cuida tão bem de mim — ela disse suavemente, olhando para ele, que sorriu em apreciação.

— E eu adoro cuidar de você — Casey respondeu, beijando sua testa suavemente. — Vamos, vamos voltar para o hotel, onde está quentinho e acolhedor. — Ele ajudou a Annie a entrar no táxi e entrou logo depois dela, envolvendo o braço à sua volta para ficar colada nele, sem espaço entre os corpos. Era como se ele não conseguisse suportar ficar sem seu toque quando ela estava por perto. Ela conhecia muito bem a sensação. Tocá-lo e ser tocada por ele a fazia sentir uma sensação reconfortante no fundo de seu âmago. Sem sombra de dúvida, ela desejava estar perto dele.

Quando o táxi parou na frente do hotel, Casey praticamente jogou mais uma nota de vinte para o motorista e tirou Annie do carro após sair. Com a mão em seu cotovelo, ele rapidamente entrou no hotel e foi em direção aos elevadores. Ele imediatamente socou o botão "subir" e mudou seu peso para trás e para a frente e de pé para pé, enquanto esperavam o elevador chegar.

Annie apenas sorriu e apertou a mão dele, fazendo-o olhá-la. Seus olhos brilharam quando ela sorriu para ele.

— Por que está tão impaciente, senhor? — perguntou com uma expressão inocente.

Ele sorriu para ela e balançou a cabeça, sem dizer uma palavra. Só então o elevador apitou e as portas se abriram. Casey esperou os outros hóspedes saírem, em seguida, rapidamente entrou no elevador, levando Annie junto. Quando mais ninguém apareceu para entrar no elevador, ele rapidamente socou o botão "fechar porta" e depois o botão do vigésimo andar.

No momento em que as portas fecharam, ele atacou os lábios dela, machucando-os com um beijo apaixonado enquanto agarrava uma de suas pernas e a envolvia em seu quadril. Gemendo, ele pressionou a virilha contra a dela, fazendo sua impressionante ereção ter contato direto com o centro aquecido dela. Annie sentiu aumentar a umidade entre as pernas conforme o atrito crescia. Gemendo, ela pressionou ainda mais corpo contra o dele, odiando cada camada de roupa que separavam suas peles.

— Deus, princesa — ele gemeu em seu ouvido. — Só quero rasgar cada peça de roupa sua nesse momento e enterrar a cabeça entre as suas pernas. Quero te provar e beber e fazer você ficar louca até gritar meu nome e me implorar para te foder.

Seus dedos curvaram e ela gemeu ofegante com as palavras dele, mesmo corando.

— Eu quero tanto você dentro de mim. — Ela ofegou quando ele fez pequenos movimentos de impulso, balançando e esfregando o pênis pulsante para cima e para baixo contra o núcleo encharcado dela.

— Quer? Você quer o meu pau grande enfiado dentro da sua bocetinha apertada? — perguntou ele, grunhindo enquanto continuava se esfregando contra ela a cada palavra. As imagens das palavras dele a estavam deixando louca. O elevador apitou novamente e as portas abriram quando chegaram ao andar. — Vamos, gostosa — ele disse, sorrindo maliciosamente para ela. Saíram de mãos dadas do elevador, embora com as pernas bambas.

Casey manteve a mão na bunda dela enquanto caminhavam até o quarto. Annie abriu a porta com o seu cartão-chave, e eles entraram. Imediatamente, os lábios colidiram quando se viraram um de frente para o outro, as mãos freneticamente se despindo. Parecia que estavam esperando uma eternidade para terem intimidade, e, agora que estava finalmente acontecendo, eles não conseguiam tirar as roupas rápido o suficiente.

Ela rapidamente abriu os botões da camisa dele enquanto Casey se atrapalhou com o fecho no pescoço da blusa dela. Quando ele, finalmente, conseguiu, interromperam o beijo e Annie esticou o braço para puxar a camisa. O sutiã rapidamente foi o próximo, em seguida, os lábios dele voltaram aos dela. Ele começou a beijar o pescoço dela, gentilmente lambendo uma trilha do lóbulo da orelha para a lateral do pescoço.

Annie estremeceu quando sentiu as sensações deliciosas viajarem pelos braços e as costas enquanto ele venerava aquela zona erógena mais sensível. Ela deslizou as mãos pelo peito dele, saboreando a dureza de seus músculos. Um momento depois, a camisa estava sendo retirada pelos ombros, em seguida, ambos estavam ali parados, pelados da cintura para cima. Estendendo a mão, ele desfez o botão e o zíper de seus jeans skinny.

— Espere — disse ela, parando-o com as mãos. Ele a olhou interrogativamente, mas ela apenas sorriu e rebolou, deslizando o jeans pelas pernas. Ela colocou uma mão em seu braço para se firmar enquanto tirava uma perna e depois trocou a mão para terminar de tirar a outra perna. — Jeans skinny, o que posso dizer? — ela disse com um encolher de ombros. Então, ela deslizou a calcinha de renda preta, deixando-a caída em volta dos pés.

Annie enganchou o dedo na cintura da calça dele e puxou Casey para perto enquanto abria o botão o e zíper impacientemente, arrastando o jeans surrado pelos quadris. Ela estendeu a mão e o segurou gentilmente, mas com firmeza, através da boxer preta, fazendo a respiração dele sibilar com seu toque.

Incapaz de resistir por mais tempo, Annie deslizou a mão para dentro da cueca e puxou o pênis para fora. Acariciando-o suavemente com uma das mãos, ela segurou as bolas com a outra e pressionou suavemente. Ela sentia a pele do escroto comprimir enquanto os embalava reverentemente com a mão. Ele não era tão grande quanto Gabe, mas o que lhe faltava em comprimento, ele mais do que compensava em circunferência.

Ficando de joelhos diante dele, Annie se inclinou para lamber a ponta. Gemendo, ela provou o pré-gozo salgado e passou a língua pela cabeça, então o deslizou suavemente e profundamente na garganta até seus lábios estarem totalmente envolvidos em volta da base do eixo grosso pulsante. Casey gemeu alto e entrelaçou os dedos no cabelo dela enquanto pendia a cabeça para trás, os olhos fechados pelo prazer que ela estava lhe dando.

— Oh, Jesus, isso. É isso aí, baby. Assim mesmo. Mmm, delícia, você me chupa tão gostoso — ele sussurrou encorajadoramente enquanto ela continuava a fodê-lo habilmente com a boca. Ela continuou por mais um minuto antes de ele puxar o cabelo dela, obrigando-a a parar e se afastar, tirando o pau dele da boca.

— Qual o problema? — perguntou Annie, pensando que tinha feito algo errado, algo que ele não tivesse gostado.

— Nenhum. Me dê apenas um minuto, ok? — Seu olhar era tão sério que a deixou nervosa, mas ela assentiu, e então ele desapareceu dentro do quarto.

Sentando cuidadosamente na ponta do sofá, ela cruzou as pernas, em seguida, se cobriu com os braços enquanto o esperava voltar. Depois de mais de um minuto, ela suspirou e cruzou as pernas para o outro lado enquanto ouvia Casey se movendo pelo quarto.

— Hum, o que você está fazendo? — ela perguntou. — Está tudo bem?

— Só mais um minuto. — Foi tudo o que disse.

Franzindo a testa, ela franziu os lábios e cruzou as pernas para o outro lado mais uma vez. Enfiando uma das mãos sob a axila, ela suspirou e recostou-se no sofá. Finalmente ele reapareceu na porta e fez sinal para ela entrar. Annie levantou e o seguiu para o quarto.

Oh, Deus, Phoenix está acontecendo de novo.

Casey tinha jogado pétalas de rosas brancas e cor-de-rosa sobre a cama e por todo o chão do quarto. Ele observou a reação no rosto dela e, quando ficou satisfeito com o que viu, a puxou para perto dele.

Ela colocou os braços em volta do pescoço dele e beijou-o arduamente.

— É lindo. Obrigada, querido. Adorei as cores que você escolheu.

— Branco e rosa me fazem lembrar de uma princesa, e é isso que você é pra mim. Então, eu quero que a nossa primeira vez seja perfeita... como você.

Corando, ela balançou a cabeça.

— Então não é perfeito nem forçando a imagi... — ela começou a dizer, mas ele balançou a cabeça e colocou o dedo nos lábios dela para silenciá-la.

— Perfeita para mim.

— Sério?

Casey assentiu, o rosto sério, mas terno e carinhoso ao mesmo tempo.

— A primeira vez que te vi sentada no seu carro, dançando no assento, tão feliz que arrumou um encontro, eu quis te conhecer. Você estava tão bonita. Eu fiquei tentado a te dizer para cancelar com o babaca, quem quer que ele fosse, e sair comigo.

— Uau, sério? — Annie olhou para ele com os olhos arregalados, atordoada com a confissão.

— Sim, mas achei que você poderia pensar que eu era meio assustador. Quero dizer, nós não nos conhecíamos ainda. Então não falei, mas já estava tentando pensar numa maneira de falar com você.

Annie sorriu para Casey.

— E então você me assustou pra cacete quando me parabenizou pelo meu encontro.

Ele abriu um sorriso e assentiu.

— É, aquilo foi engraçado. Você ficou bastante envergonhada.

— Bem, eu não sabia que tinha plateia. Só quis derreter no lugar e desaparecer — ela admitiu, corando com a memória.

— Bem, você fez o seu melhor para isso acontecer. Você não disse uma só palavra para mim. Apenas saiu do carro e começou a caminhar de volta para dentro do prédio, e eu entrei em pânico por um segundo, porque não queria que você fosse embora ainda. Mas, então, você deixou cair o seu *gloss*.

— Eu não sabia se conseguiria me virar e te encarar ou se deveria continuar. Eu estava morta de vergonha.

— Bem, estou feliz que tenha virado. Você fica muito bonita quando fica irritada.

Franzindo o nariz, Annie revirou os olhos.

— Fico nada — ela protestou, mas Casey rapidamente a silenciou com um beijo. Ele mordiscou suavemente seus lábios, fazendo-a suspirar suavemente enquanto se derretia nele.

— Mmm, fica sim. Chega dessa conversa agora — ele murmurou contra seus lábios.

— Mmm hmm. — Foi tudo que ela murmurou, e depois voltou a beijá-lo. De repente, o quarto inclinou quando ele de súbito a empurrou para trás e se inclinou, pegando-a sem esforço, antes de depositá-la cuidadosamente sobre a cama.

Annie sentia as pétalas de rosas macias sendo esmagadas sob seu corpo enquanto ele a deitava; ela só esperava que elas não acabassem em algum lugar que não deveriam. Caso contrário, isso era incrivelmente romântico. Rapidamente, Casey se juntou a ela, cobrindo seu corpo com o dele.

Fechando os olhos para que pudesse se perder no momento, Annie gemeu quando sentiu a boca quente de Casey envolver um de seus mamilos. As doces sensações que passaram pela sua barriga enquanto ele chupava suavemente a protuberância endurecida fizeram seus dedos enrolarem. Ela entrelaçou os dedos no cabelo dele e segurou a cabeça com força, fazendo-o grunhir em aprovação. Então ele mudou para o outro seio e esbanjou atenção no mamilo, primeiro provocando a ponta com os dentes e depois passando rapidamente a língua, antes de sugá-lo firmemente.

Choramingando, Annie puxou o cabelo dele enquanto o olhava suplicante. Ela o queria desesperadamente dentro dela. Mas ele ignorou os puxões e beijou uma trilha pela barriga plana até o umbigo. Encarando-a, ele sorriu, então baixou a cabeça e enterrou o rosto no meio das pernas dela.

Annie ofegou quando a boca quente a encontrou, mergulhando a língua profundamente na boceta encharcada. Ele foi implacável quando a chupava e lambia como um homem faminto, conduzindo-a a velocidade da luz em direção a um orgasmo alucinante. Era como se ele conhecesse seu corpo melhor do que ela, que não conseguiria evitar o orgasmo mesmo que tentasse. E isso abalou seu corpo, fazendo-a tremer e gritar o nome de Casey quando onda após onda de prazer a invadiu.

Finalmente, ele deitou em cima dela e a beijou, o sabor de seus sucos frescos em seus lábios. As mãos dela encontraram seus quadris e ela o guiou entre as pernas, em seguida, agarrou o pênis grosso e o levou até a entrada da vagina. Ele descansou lá por um momento, a cabeça de seu eixo apenas separando os lábios vaginais. Ela poderia ter chorado pela tortura que ele a fez passar.

— Um, linda, me dá um segundo. Preciso colocar uma camisinha — ele disse, começando a se afastar, mas ela o agarrou com as pernas, segurando-o rapidamente.

— Somos... hum... exclusivos? Quero dizer, você está saindo com mais alguém? — Annie perguntou hesitante, olhando-o, mais do que um pouco ansiosa pela resposta.

— *Baby*, eu não saio com várias mulheres ao mesmo tempo. — Ela não achava que ele saía, mas, ainda assim, foi um alívio ouvir.

— Apenas checando. Então não precisa usar, se somos exclusivos. Eu tomo pílula.

— Tem certeza? Não me importo de usar, por agora, se quiser — Casey assegurou.

— Tenho. Eu confio em você — disse ela.

Ele assentiu e, lentamente, começou a penetrá-la, em seguida, tirou tudo, esperando outro longo momento.

Frustrada, ela beijou o ombro dele.

— Oh, meu Deus, faça já isso! — ela reclamou.

Sorrindo para ela, ele balançou a cabeça.

— Paciência, princesa. Coisas boas vêm para aqueles que esperam — ele brincou, mais uma vez enfiando o pênis, um pouco mais desta vez. Mas, novamente, ele tirou e esperou.

— Você está me matando — ela ofegou. — Por favor — implorou. — Eu preciso de você dentro de mim agora.

— Precisa? Você quer sentir meu pau grosso dentro dessa bocetinha apertada?

— Uh huh — ela choramingou, os quadris indo para cima, tentando forçá-lo mais fundo dentro dela. Quando ele finalmente entrou totalmente, os olhos de Annie se reviram enquanto ela gemia.

— Ahh, porra — ele ofegou —, você é tão apertada. — Encarando-a, Casey olhou profundamente em seus olhos enquanto entrava e saía dela a cada estocada poderosa. — Você vai gozar pra mim de novo?

Tudo o que Annie conseguiu fazer foi balançar a cabeça quando sentiu a tensão começar a aumentar novamente. Seus quadris se moveram em sincronia com os sons que o ato sexual encheu o quarto. Pele batendo contra pele, corpos se movendo como um só. Ela entrelaçou as pernas nas costas dele e sua preciosa vida se desligou do corpo enquanto fazia uma viagem ao êxtase.

Quando atingiu o auge do orgasmo, seu corpo tensionou em volta dele e as unhas cravaram na bunda dele. Casey gemeu com o que ela fez, então se juntou a ela quando o orgasmo invadiu seu corpo. Finalmente, ele caiu em cima dela, ainda enterrado profundamente. Seu rosto esmagou o travesseiro ao lado da cabeça dela enquanto se recuperava. Annie passou as mãos para cima e para baixo nas costas dele, acariciando a pele enquanto estava ali deitada, contente, feliz e satisfeita.

Depois de mais alguns minutos, ele finalmente levantou a cabeça e olhou-a com um sorriso preguiçoso de satisfação no rosto.

— Pronta para a próxima rodada? — ele perguntou.

— Com certeza! — ela disse, balançando a cabeça alegremente.

Capítulo 12

— Camareira — uma voz gritou, fazendo Annie se sentar na cama.

— Casey! — ela sussurrou com a voz em pânico, virando para sacudi-lo e acordá-lo.

— O que foi? — ele grunhiu ao abrir um olho, ainda meio dormindo.

— Você esqueceu de colocar a placa de *Não Perturbe* na porta. A camareira acabou de entrar no quarto.

— Oh, merda. — Ele rolou para fora da cama e caiu no chão com um baque. Pegou uma calça de malha que estava na mesa de cabeceira e a vestiu antes de ir para a sala de estar.

Annie o ouviu pedir desculpas por não se lembrar de colocar a placa de privacidade na porta, e perguntou se ela poderia voltar em duas horas. A camareira riu de alguma coisa que ele disse, que Annie não conseguiu ouvir, e então respondeu que não tinha problema de voltar mais tarde. Naturalmente, não seria um problema. Ele tinha acabado de ir até lá quase nu. Ela tinha praticamente certeza de que ele poderia ter pedido à mulher para lhe dar todos os produtos de toalete do carrinho de limpeza, que ela daria de bom grado.

Quando voltou para o quarto, Annie sorriu para ele.

— O que foi? — ele perguntou, levantando uma sobrancelha.

— Nada. Você acabou de dar para a mulher um belo show — disse e depois riu.

— Ah, é? Está com ciúmes? — ele perguntou ao se juntar a ela de volta na cama, puxando-a para mais perto e atacando suas costelas.

Gritando, ela contraiu as costas e tentou empurrá-lo para longe.

— Sem cócegas! — ela gritou.

Ele continuou por alguns segundos e depois parou e a beijou firme.

— Venha — disse ele, golpeando a bunda dela. — Vamos tomar banho.

— Você quer que eu tome banho com você? — perguntou Annie, sentando na cama.

— Sim... você não quer tomar banho comigo? — Casey a olhou com curiosidade.

— Não! Quero dizer, sim, eu quero tomar banho com você. Só não sei se foi isso que você realmente quis dizer.

Ele balançou a cabeça e sorriu para ela.

— Vamos, princesa. Está na hora de te deixar limpinha.

Com um sorriso de covinhas no rosto, ela aceitou a mão que ele ofereceu para ajudá-la a sair da cama. Casey liderou o caminho para o banheiro, indo direto para o boxe. Inclinando-se para a torneira, ele a virou e recuou, segurando a mão sob o fluxo da água. Depois de esperar por alguns segundos, ele retirou a mão e entrou. Virando-se, acenou para Annie se juntar a ele, oferecendo a mão novamente.

Quando, de mãos dadas com ele, Annie deu um passo para debaixo da água quente do chuveiro enorme, fechou os olhos de prazer.

— Mmm, tá tão bom — disse ela, suspirando suavemente, erguendo os braços e o abraçando bem apertado.

Casey beijou o topo de sua cabeça enquanto estavam sob a água, deixando-a escorrer por suas cabeças e rostos. Estendendo o braço, Annie pegou o shampoo e o esguichou um pouco na mão, em seguida, colocou na cabeça dele e começou a esfregar o cabelo. A cabeça dele pendeu quando ela usou a ponta dos dedos para massagear o couro cabeludo, fazendo-o gemer em aprovação.

Annie o massageou por mais alguns minutos, enxaguou, depois, o beijou na testa, deixando as mãos descansarem nos ombros. Ele apenas resmungou e agarrou as mãos dela, levando-as de volta ao seu cabelo. Rindo, ela balançou a cabeça e disse:

— Tá bom, tá bom. Massageio mais um pouco. — Ele grunhiu em aprovação e continuou com os olhos fechados enquanto recebia a massagem.

Depois de alguns minutos, Casey finalmente abriu os olhos e balançou um pouco a cabeça até que ela parou de massagear.

— Teve o suficiente? — perguntou ela.

— Mmm, você poderia continuar me esfregando para sempre, mas, por agora, estou satisfeito. — Ele colocou as mãos sob sua bunda, puxando-a com força contra ele.

Annie se deleitou com a sensação do corpo perfeitamente musculoso dele pressionado contra o dela. Onde ele era sólido, ela era macia. Ela se derreteu nele e suspirou contente. Parecia perfeito. Ele foi perfeito. Quando ela estava ali, em seus braços, o sentiu ficar duro contra sua barriga.

Rindo, ela brincou com ele.

— Então, quando eu esfrego sua cabeça, não te deixo de pau duro, mas basta te abraçar que você quase faz um buraco no meu estômago?

— Eu fico relaxado quando você esfrega a minha cabeça. Só que agora você está totalmente pressionada em mim e me olhando como se eu fosse o seu jantar. Se você tivesse esfregado a minha outra cabeça, eu não teria ficado relaxado.

Sorrindo, Annie estendeu a mão e puxou a orelha dele.

— Ai — disse Casey e olhou-a inocentemente. — O quê? Minha outra cabeça gosta da sua atenção.

Annie se afastou um pouco para segurar o pau grosso dele suavemente na mão. Ela apertou, sentindo-o contrair e ficar mais duro.

— Assim? — ela perguntou sem fôlego. — Mais? — Lentamente, ela começou a acariciar o eixo para cima e para baixo enquanto olhava fixamente em seus olhos, fazendo-o respirar profundamente quando começou a masturbá-lo mais rápido.

— Oh, sim, assim mesmo, linda — ele a incentivou, deixando a mão descansar nos ombros dela, enquanto ela lhe dava prazer. Depois de vários movimentos, Casey a parou de repente, virando-a de frente para a parede do boxe. Ele estendeu a mão entre as pernas dela, por trás e as afastou.

Annie se apoiou com as palmas das mãos na parede fria de azulejos, sentindo seus mamilos formigarem de expectativa de ser preenchida por trás. Ele não a decepcionou. Agarrando seu pau pulsante, ele o esfregou para frente e para trás em sua bunda, em seguida, para baixo entre seus lábios vaginais. Ela inclinou a cabeça enquanto gemia, amando e odiando ao mesmo tempo a provocação.

A respiração dela estava forte e rápida quando ele finalmente entrou, deslizando suave e facilmente até o fim.

— Oh, Deus, *baby*, assim — Annie gemeu, esfregando a bunda nele. Ela sentia-se incrivelmente completa e adorada.

Esticando uma mão em volta do corpo dela, Casey espalmou o seio esquerdo e, com a outra mão, deslizou para baixo para brincar com o clitóris enquanto continuava enfiando lentamente nela por trás. Ele girou os quadris para impulsionar dentro de um ângulo, aumentando a velocidade a cada estocada.

Tremendo, Annie ofegou quando começou a sentir o orgasmo. Onda após onda de êxtase pulsou através de seu núcleo.

— Estou tão perto, princesa — ele sussurrou em seu ouvido. — Você é gostosa pra caralho.

— Sou? Você vai gozar na minha boceta apertada?

— Oh, porra, se vou — disse Casey. Segundos depois, ele gemeu ao gozar. Bombeando mais algumas vezes antes de parar, ele inclinou-se contra o corpo dela, que sorriu ao senti-lo apoiando o peso sobre ela.

— *Baby* — disse Annie, cutucando-o no ombro direito.

— Mmm — ele grunhiu, ainda inclinado sobre ela, o pênis permanecendo duro e firmemente enfiado dentro dela.

— Você pode sair de mim? — ela perguntou com uma risada. — Você tá meio que me esmagando e me deixando sem ar.

— Mmm hmm... desculpe, linda. — Ele se afastou e deu um beijo no ombro dela, o pênis escorregando para fora ao recuar. Pegando o sabonete e uma toalhinha, ele fez bastante espuma, em seguida, lavou todo o corpo dela, do pescoço aos pés.

Sorrindo, Annie apreciou a atenção cuidadosa que ele teve com seus seios enquanto os ensaboava. Virando-se, ela se enxaguou e o beijou com um estalo alto.

— Ok, estou limpa — disse, em seguida, abriu a porta do boxe e saiu. Pegando a toalha branca grande e macia mais próxima, ela se secou, em seguida, se enrolou com ela. Quando Casey desligou a água e saiu do boxe, ela saiu do banheiro para pegar uma muda de roupa na mala.

Uma hora depois, estavam ambos vestidos e prontos para se aventurarem fora do quarto do hotel. Casey sugeriu que tomassem café da manhã no térreo, no restaurante The Oak Room, antes de saírem. Quando a *host* os conduziu à mesa, Casey puxou a cadeira para Annie e depois se inclinou para beijá-la na bochecha.

— Pede um cappuccino pra mim? — ele pediu. — Já volto. Vou ao banheiro.

— Tá — ela respondeu, em seguida, voltou a atenção para o cardápio enquanto Casey perguntou a um garçom próximo onde ficavam os banheiros.

Ela estava concentrada no cardápio, tentando decidir se queria ovos Benedict ou omelete Dungeness Crabmeat, quando ouviu uma voz familiar falar oi. Erguendo o olhar, ela viu Trey ali de pé, sorrindo calorosamente. Ao vê-lo à luz do dia, ela quase teve de pegar o queixo do chão e limpar a baba. Sua bela aparência esculpida o fazia parecer um Adônis à luz do sol. Ele a fez lembrar de Brad Pitt em *Sr. e Sra. Smith*.

— Annie, né? — ele perguntou educadamente.

Sorrindo de volta para ele, Annie concordou.

— Oi, Trey. Prazer em vê-lo novamente — disse ela, estendendo a mão.

— Igualmente — Trey disse, pegando a mão oferecida e dando um aperto amigável. Quando ela tentou retirar a mão, ele a deteve por alguns longos instantes, deixando-a desconfortável, mas, eventualmente, a soltou.

— Espero que seus dedos dos pés estejam bem hoje — ela expressou, interrompendo o silêncio constrangedor.

— Eu vou sobreviver — disse ele, provocando com um sorriso arrogante, piscando para ela. — O que você vai fazer hoje?

— Bem, vamos tomar café primeiro, então acho que vamos fazer alguns passeios turísticos.

— Entendi. Bem, você deve gostar. San Francisco é uma ótima cidade.

Um garçom parou na mesa e pediu desculpas por interrompê-los, perguntando se estavam prontos para pedir. Trey sacudiu a cabeça, indicando que ele não ia pedir, e apontou para Annie. Ela pediu um cappuccino para Casey e um pouco de chá Tazo para si.

Após o garçom se afastar, ela retomou a conversa.

— É, parece que sim. De qualquer forma, estou me divertindo bastante até agora. Já esteve aqui muitas vezes?

Trey assentiu.

— Sim, na verdade, morei aqui por alguns anos quando era criança. Depois, nos mudamos para Huntington Beach, e vivo lá desde então.

— Oh, isso é legal — disse ela. — E qual das duas você prefere?

— O sul da Califórnia, claro — disse ele —, mas San Francisco também tem suas vantagens. Já esteve em Orange County?

Rindo, Annie balançou a cabeça.

— Não muitas vezes, na verdade. Acho que a última vez que estive lá foi para a formatura da minha amiga Irvine, na Universidade da Califórnia.

— Isso é ruim. Eu ia dizer que deveríamos sair algum dia. — Trey sorriu encantadoramente, fazendo seu coração saltar uma batida.

— Oh, bem, hum... — Annie hesitou. Ela sabia como Casey se sentia sobre esse cara; ele disse que Trey era problema.

Felizmente, ela foi salva de ter que responder quando Casey escolheu esse preciso momento para voltar do banheiro. Ela queria que ele não tivesse saído. Parecia que, toda vez que ele a deixava sozinha em público, ela ia correndo para os caras que tentavam convencê-la a sair com eles.

— Tudo bem aqui? — ele perguntou em um tom frio quando olhou para Trey, que apenas sorriu de volta para ele.

— Desculpe, tenho que ir mesmo — disse ele a Annie, dando um pequeno aceno antes de desaparecer porta afora do restaurante.

— O que ele queria? — Casey resmungou quando se sentou na frente dela.

— Ele estava apenas dizendo oi — disse ela. — Isso é tudo.

— Certo — ele grunhiu antes de pegar o cardápio para olhar.

— Eu pedi o seu cappuccino — Annie falou numa tentativa de mudar de assunto e esquecer Trey. — Deve estar aqui a qualquer momento.

Casey olhou para ela e seu rosto suavizou quando ele sorriu.

— Obrigado, princesa. Desculpe, não quero descontar minha frustração desse cara em você.

— Por que o odeia tanto?

Suspirando, Casey balançou a cabeça, enquanto olhava o cardápio.

— Ódio é uma palavra forte. Eu só não confio no cara.

— Ele te deu uma razão para não confiar nele? — Annie sabia que estava forçando a barra, mas estava curiosa do por que Casey sentia tal animosidade com Trey.

— Tenho meus motivos. Vamos deixar isso pra lá.

Mordendo o lábio, Annie franziu a testa para ele, mas entendeu o recado. Parecia melhor mesmo esquecer e seguir em frente. O garçom voltou e anotou os pedidos, e, menos de quinze minutos depois, o café da manhã foi servido. Os dois pediram ovos Benedict e limparam os pratos em tempo recorde.

Annie riu quando trocou olhares com Casey.

— Acho que o nosso exercício abriu nosso apetite — disse ela.

— Acho que sim. — Ele acenou para o garçom e pediu a conta. Depois de assinar o recibo, Casey guardou a cópia no bolso. — Está pronta? — perguntou.

— Sim, vamos. — Ela deu um último gole na água, em seguida, levantou-se da mesa e seguiu-o para fora do restaurante.

Foi uma curta caminhada para Chinatown do hotel, no entanto, no ritmo que estavam indo, demorou mais tempo do que deveria. Casey segurou a mão dela durante todo o percurso. Sempre que paravam em um sinal vermelho, ele levava a mão dela aos lábios e dava um beijo nos nós dos dedos, fazendo-a ficar toda sentimental.

Toda garota sonha em encontrar o tipo de homem que a valoriza e adora. E Casey parecia saber como dizer e fazer todas as coisas certas. Sem dúvida, Annie estava plenamente consciente de como teve sorte por tê-lo encontrado.

Andando por várias lojas juntos, cada um parava ocasionalmente para comprar pequenas lembranças de presente para os familiares e amigos. Após uma hora de compras, voltaram ao hotel. Já que Casey teria que estar mais cedo no local do show, eles decidiram se aconchegar na cama para tirar um pequeno cochilo. Ele a puxou para perto, ficando de conchinha, e, rapidamente, Annie caiu em um sono profundo e sem sonhos.

Quando o alarme que tinham colocado os acordou, ela gemeu.

— Ugh — ela gemeu. — Sinto como se eu tivesse acabado de fechar os olhos.

Casey bocejou e beijou seu ombro.

— Eu sei, eu também — disse ele. — Prometo que vou deixar você dormir um pouco hoje à noite, depois que voltarmos do show.

— Duvido — ela atirou de volta, brincando, acotovelando-o no estômago.

— Ai, tá bom, sem dormir para você essa noite — ele rapidamente emendou.

— Dormir um pouco é bom, mas só depois que você me satisfizer — Annie disse, provocando.

— Moça gananciosa — ele brincou, o que o fez levar outra cotovelada no estômago.

— Ai, ai, ok, ok, fechado — disse ele. Olhando para o relógio, Casey suspirou. — Bem, preciso levantar. Tenho que estar lá em breve.

— Tá. A que horas devo ir e para onde vou, exatamente?

— Saia daqui a mais ou menos uma hora — ele instruiu. — É no Candlestick Park. Basta dizer o nome ao motorista de táxi; ele sabe onde é. — Casey rapidamente trocou de camisa e desapareceu no banheiro. Ele voltou para a cama para beijá-la mais uma vez antes de sair. — O seu convite e credencial para os bastidores estão aqui na mesa de cabeceira. Depois que o show acabar, basta ir a qualquer um dos seguranças e mostrar a credencial, diga que você é minha convidada. Eles a levarão até mim.

— Entendi — disse ela. — Bom show, *baby*.

Casey sorriu para ela.

— Obrigado. Te vejo depois do show.

Quando ouviu a porta do quarto fechar, Annie suspirou e sentou na cama. Ela achou melhor começar a se arrumar. Bastou alguns minutos para vestir as roupas que tinha trazido para o show: uma blusa dourada super justa sem mangas e com franjinhas, e uma calça de couro preta e botas, também pretas, de salto.

Decidindo descer até o bar do térreo para beber alguma coisa antes de sair, Annie pegou a bolsa e a jaqueta de couro preta e saiu do quarto. Ela estava prestes a virar a esquina até os elevadores quando ouviu duas vozes femininas. Elas estavam mencionando o nome de Casey, então ela parou para ouvir atentamente o resto da conversa.

— Mas o que tem demais nessa piranha baixinha asiática que ele trouxe?

— Ah, qual é? Eu nem acho que ela seja uma ameaça. Daqui a pouco, o Casey fica entediado com ela, aí você pode fazer a sua jogada.

— Você acha? — a primeira menina perguntou.

— Com certeza! Casey não tem relacionamentos. — Annie não pôde deixar de notar que ela parecia um pouco amarga no comentário.

— Há quanto tempo você o conhece mesmo?

— Acho que uns quatro ou cinco anos. Fizemos algumas turnês juntos.

— E você não quis tentar nada com ele, não?

— Ah, não, claro que tentei. E consegui. Mas, como eu disse, ele não sai com a mesma mulher por muito tempo. — Annie engoliu em seco quando ouviu essas últimas palavras. — Parece que o Trey se interessou também.

A primeira menina bufou.

— Ela pode ficar com ele. Esse cara fode qualquer uma, *qualquer uma*, mesmo.

O elevador apitou, e, poucos momentos depois, as vozes se calaram. Apenas por precaução, Annie contou até dez antes de virar a esquina. Pressionando o botão descer, deu um passo atrás e esperou o próximo elevador chegar.

Bem, isso foi esclarecedor.

Então, Casey não tinha relacionamentos de longo prazo, e Trey não era exigente sobre com quem se relacionava. De repente, Annie estava me sentindo orgulhosa dela mesmo... *ou não.*

Capítulo 13

Ao chegar ao Candlestick Park, Annie se juntou à multidão que se dirigia para o local, num empurra-empurra com quem ainda ia comprar ingressos na bilheteria. Com o dela firmemente na mão, ela esperou na fila para ter a bolsa revistada. Olhando em volta, notou que o público predominantemente era de meninas pré-adolescentes e adolescentes, algumas em grupos, outras com as mães; ela até viu alguns pais próximos, encorajando suas meninas a verem sua pop star favorita.

Poucos minutos depois, ela estava andando pelo corredor, tentando descobrir para onde deveria ir. Visualizando um dos funcionários de pé numa entrada, ela foi até o lado dele e perguntou se ele poderia ajudá-la a ir na direção certa. Ele fez um gesto para a esquerda, indicando que ela devia descer na entrada seguinte.

Seguindo as instruções de mais dois funcionários, Annie finalmente encontrou seu lugar. Era logo na frente, na segunda fileira, no meio. Casey tinha cuidado para que ela tivesse um local excelente para ver o espetáculo. Ela teria que agradecê-lo corretamente mais tarde. Enquanto esperava o show começar, tirou algumas *selfies* com o celular. Depois de escolher a foto favorita, aplicou um filtro e a postou no Instagram e Facebook com uma breve legenda: *Esperando começar o show...*

Katie e Teresa estavam online e imediatamente deram *like* no status dela. Teresa postou um comentário: *Você está linda, querida! Divirta-se!! Tire muitas fotos!*. Katie também postou um comentário: *Consiga os telefones dos dançarinos gostosos.* Rindo, Annie deu *like* em ambos os comentários, em seguida, postou uma resposta: *Obrigada e bem, eu cuido disso. Vou tirar fotos e pegar os números dos dançarinos gostosos!*

As luzes no palco, de repente, brilharam várias vezes, avisando que o show estava prestes a começar. Os espectadores que estavam de pé, conversando, começaram a voltar para seus devidos lugares. Colocando o celular no silencioso, Annie o guardou de volta na bolsa, em seguida, se levantou para deixar uma mulher de meia-idade e duas meninas adolescentes passarem por ela.

O Top 40 de músicas que estava tocando nos alto-falantes silenciou, e as luzes do estádio esmaeceram e as pessoas fizeram silêncio. Tremendo, Annie sorriu quando a primeira música começou a tocar, fazendo-a se arrepiar toda. Ela estava ansiosa para ver Casey dançando no palco.

Quatro grupos de dançarinos foram iluminados por holofotes azuis, cada um congelado em poses diferentes. Em seguida, um holofote branco maior foi dirigido entre os grupos, e o público explodiu em aplausos quando Kayla Miles começou a cantar. Vestida com um minúsculo vestido prateado de paetês, a loira explosiva desceu a passarela e foi para o meio do público quando começou a cantar o primeiro verso da sua nova música, que já estava no topo das paradas de sucesso. Os dançarinos a rodeavam, emoldurando-a com seus membros sexy enquanto dançavam atrás dela ao redor do palco.

Quando chegou ao refrão, Kayla foi girada nos braços por um cara lindo e depois outro, dançando por alguns segundos com cada um. Annie gritou e pulou para cima e para baixo quando reconheceu o segundo cara que girou Kayla. Casey parecia incrível, tão confiante e seguro de si, os movimentos afiados e precisos. Ele usava um chapéu cinza, calça preta de couro sintético que se agarrava firmemente nos quadris e um colete combinando, sem a camisa. O colete estava aberto, exibindo seu fantástico tanquinho. A boca de Annie ficou um pouco seca, observando-o dançar, os músculos abdominais ondulando quando se movia.

Todas as mulheres e meninas perto dela também pulavam e gritavam, algumas apontando para os dançarinos sensuais e desmaiando. Ela estava com um sentimento de orgulho e inveja enquanto outras mulheres cobiçavam Casey, fazendo-a franzir a testa momentaneamente. Então, ela se livrou desse pensamento e continuou a bater palmas e torcer por seu homem.

A maioria das fotos que ela tirou dele acabou embaçada, mas conseguiu algumas boas. As próximas duas horas voaram, e, antes que se desse conta, Kayla e os dançarinos estavam de volta no palco para o bis. Ela ficou rouca de gritar e pulou com o resto da multidão quando a música terminou.

Depois de esperar todo mundo sair da sua fila, Annie se dirigiu até um dos seguranças e mostrou a credencial para entrar nos bastidores. Um cara grande, corpulento, com tatuagens, cabelo oxigenado curto e espetado, que mais lembrava um lutador de WWE, olhou a credencial e fez sinal para que ela o seguisse. Levando-a até o final da lateral do palco, ele parou e falou para outro segurança, um homem negro, alto e magro, com bíceps enormes. Ele olhou para Annie e depois para a credencial que estava em seu pescoço, então acenou com a cabeça. Virando-se para ela, o loiro disse:

— Esse é o Tony. Ele vai te levar até os bastidores.

Balançando a cabeça, ela o agradeceu, em seguida, seguiu Tony, que subiu as escadas para o palco. Ele a levou para o outro lado de trás do palco, passando por um monte de roadies, figurinos e outros convidados VIP, até que finalmente chegaram a uma fileira de portas de camarins. Parando em frente à terceira, ele bateu duas vezes na porta e esperou.

Foi Trey quem abriu alguns segundos depois. Ele primeiro olhou para o segurança, em seguida, para Annie, arregalando os olhos, pouco antes de seus lábios se curvarem lentamente em um sorriso.

— Olááá — ele disse com uma piscadinha, fazendo Annie corar desconfortavelmente.

Trey acenou para o guarda e o agradeceu, em seguida, abriu mais a porta e se afastou para Annie poder entrar no camarim.

Assim que ela entrou, Casey estava logo ali, agarrando-a em um grande abraço.

— Oi, princesa — ele murmurou antes de beijá-la cuidadosamente.

Trey revirou os olhos e limpou a garganta, desculpando-se enquanto passava por eles com suas roupas comuns na mão e desaparecendo atrás de um biombo. Annie pouca dúvida teve de que Casey fez mais do que o necessário para o benefício de Trey, mas, no momento, ela não se importou. Ela adorava seus beijos.

— Você foi incrível. Eu não conseguia tirar os olhos de você o tempo todo. E as mulheres ao meu redor estavam todas apaixonadas por você. Quase pensei que iria bater em uma ou duas — ela brincou com um sorriso irônico.

Ele riu e balançou a cabeça.

— Obrigado por ser moderada. Eu teria ficado sem grana por ter que tirá-la da cadeia. Essa merda é cara.

Franzindo o nariz, Annie sorriu para ele.

— Sim, isso não teria sido bom, pelo menos agora sei que você me socorreria. Obrigada pelo lugar incrível! Eu tive uma visão perfeita de todo o palco.

— De nada. Estou feliz por você ter vindo ver minha performance.

— E a minha — uma voz falou. Annie olhou por cima do ombro de Casey e viu Mike e Travis, dois dos outros dançarinos que ela conheceu na boate, sentados em uma longa bancada, ao lado de outro cara que ela não conhecia. Eles ainda estavam com os trajes da última música do show e pareciam estar removendo a maquiagem do rosto. Mike lhe deu um grande sorriso e piscou, fazendo-a sorrir de volta para ele.

— Estou muito feliz por ter conseguido ver *todos* vocês dançando — Annie os assegurou. — Vocês são ótimos. Alguns dos movimentos eram tão sensuais que pensei que o palco iria incendiar. — Ela fez um som como se estivesse impressionada.

— Oh, nós sabemos — disse Mike, balançando a cabeça, parecendo inocentemente sério. — Somos as coisas mais lindas do mundo. — Casey deu um tapinha na parte de trás da cabeça de Mike, fazendo Annie rir alto.

— Ignore-o — Casey disse a ela. — Ele é um idiota. A mãe dele o deixou cair de cabeça quando era bebê.

— Ei, isso não foi legal — Mike se queixou com um olhar mal-humorado.

Annie agarrou a mão de Casey e o puxou de volta para ela para salvar Mike de mais um castigo físico.

— Pode não ser legal, mas é verdade. Você é um idiota — Travis acrescentou, se metendo na conversa. Mike apenas lhe deu uma cotovelada com força nas costelas, fazendo Travis tossir e arquejar, antes de se virar para ele e o socar no ombro. — Vai se foder! — Ele virou-se para Mike.

— Vai se foder você! — Mike rosnou de volta para ele.

Casey suspirou e abriu a porta do camarim para escapar, puxando Annie atrás dele antes de fechá-la novamente.

— Olha, o pessoal do grupo está voltando para o Ruby Skye, agora à noite, e podemos ir lá com eles, se você quiser, mas estava pensando em sairmos pra jantar juntos.

— Mmm, parece perfeito — Annie disse com um sorriso sonhador, então ficou na ponta dos pés e o beijou profundamente. Ela concordou totalmente com Casey de ter um tempo só com ele, antes de ter que dividi-lo com centenas de outras mulheres babonas. Ela levaria algum tempo para se acostumar.

— Ótimo. Me dê quinze minutos e te encontro lá na frente.

Annie assentiu, mas, antes de se virar para sair, viu Kayla andando na direção deles. A pop star baixinha, que era ainda mais bonita de perto, era seguida por uma mulher jovem segurando um casaco e uma bolsa em uma das mãos e balançando uma prancheta e o celular na outra.

Muito animada para conhecer a talentosa cantora, Annie estava prestes a elogiar seu desempenho e pedir um autógrafo, mas Kayla ignorou completamente o fato de que ela estava ali e começou a falar com Casey sem nem se dar ao trabalho de olhá-la.

— Oi, Casey — Kayla ronronou com um sorriso sedutor. — Ótimo trabalho esta noite. Tenho que dizer, você está substituindo o Jake muito bem, estou quase tentada a te dar o trabalho de forma permanente.

— Ahh, obrigado, Kayla, fico feliz por isso — disse Casey, corando um pouco e deslocando o peso de um pé para o outro —, mas já fiz turnê com o Jake antes, e ele é um dos melhores. Estou honrado por substituí-lo.

— Humm, talentoso e modesto — ela observou, ainda ignorando claramente Annie. — Bem, eu sempre posso precisar de outro dançarino regular de reserva, então, vamos conversar quando ele voltar. Enquanto isso, vou adicionar uma nova música que gravei recentemente e quero que você seja o dançarino principal da nova coreografia que estou trabalhando. Eu poderia usar a sua entrada. Venha para o ensaio mais cedo na terça-feira, ok?

Annie apenas mordeu a língua e esperou pacientemente que eles terminassem a conversa. Independentemente da sua opinião sobre Kayla, a cantora ainda era responsável pelo sustento de Casey, e Annie não queria pôr em risco o emprego dele ou constrangê-lo ao agir como namorada ciumenta.

Trocando olhares com a mulher de pé a poucos metros atrás de Kayla, Annie se perguntou se ela sempre seguia a chefe para servi-la num estalar de dedos. A mulher, que ela imaginou ser a assistente de Kayla, lhe deu um sorriso triste e solidário enquanto também esperava pacientemente Kayla terminar de conversar com Casey. Então, o celular tocou com a entrada de uma mensagem de texto, fazendo-a virar a cabeça e olhar de soslaio para o telefone. Ela começou a responder com o polegar, em seguida, hesitante, deu um passo à frente e gentilmente tocou o ombro de Kayla.

Virando-se, Kayla disparou para a mulher:

— O quê? Não vê que estou aqui conversando?

— Uhh, desculpe, Srta. Miles. É o Sr. Brady. Ele disse que está esperando lá fora para levá-la para jantar.

— Droga, que inferno! Esqueci que ele estava vindo. — Kayla suspirou e revirou os olhos, exasperada. — Tudo bem, diga que estarei lá fora em alguns minutos. — Antes de voltar para Casey, ela colocou um enorme sorriso falso de volta no rosto. — Então, te vejo antes do ensaio do grupo na terça-feira? — Casey assentiu. — Bom. — Kayla lhe deu o sorriso de uma mulher que sempre consegue o que quer e foi embora, com a assistente correndo atrás dela.

Casey olhou para Annie logo que ela saiu e começou a pedir desculpas.

— Sinto muito por isso... — ele começou, mas ela apenas balançou a cabeça e acenou com a mão.

— Relaxa. Eu entendi.

— É só trabalho — prometeu —, eu juro que não está acontecendo nada. Estou com você, princesa.

Annie apenas balançou a cabeça e deu um sorriso pouco convincente.

— Eu sei. Confio em você — disse ela. — Te vejo lá fora em quinze minutos. — Mas, apesar de suas palavras corajosas, Annie sabia que iria enfrentar uma longa e difícil batalha em se tratando de Casey. Ele era um cara incrivelmente bonito, talentoso, gentil, sensível e engraçado. Mulheres bonitas sempre estariam se atirando nele, celebridade ou não. Antes de se afastar, ela o beijou no rosto e saiu para que ele terminasse de trocar de roupa.

O restaurante local parecia ser o único ainda aberto num horário tão tarde. Entre panquecas e omeletes, Annie e Casey conversaram sobre uma variedade de coisas, a maioria sobre a infância deles. Ela soube que ele tinha duas irmãs mais velhas e um irmão mais novo e sempre viveu no sul da Califórnia. Ele não só tinha sido do time de basquete do colégio no ensino médio, como também participou do coral e foi orador da turma. Ela contou que era nativa do sul da Califórnia e tinha apenas uma irmã mais nova, jogou vôlei, foi atleta de corrida no ensino médio, e também participou do coral. Então, conversaram sobre suas vocações.

Casey pediu um café, e eles dividiram um pedaço de torta de maçã antes de encerrarem a noite e voltarem para o hotel. Já no quarto, ele despiu Annie devagar e fez amor delicadamente com ela, como se precisasse reafirmar seus sentimentos. Depois de chegarem ao clímax juntos, se aconchegaram e adormeceram em poucos minutos.

Amanheceu muito rápido, fazendo-a se arrepender de ter reservado o voo tão cedo, mas ela queria tempo para arrumar algumas coisas no apartamento antes de ter que voltar a trabalhar no dia seguinte. Annie o deixou dormir enquanto arrumava a pequena bagagem de mão. Depois de terminar o banho e se vestir para ir para o aeroporto, ela se arrastou para a cama e se inclinou sobre ele, beijou seu pescoço e mordiscou a orelha, fazendo-o gemer e puxá-la para baixo, envolvendo os braços em volta dela.

— Baby, eu tenho que ir. Obrigada pelo final de semana maravilhoso.

— Mmm, de nada. — Ele abriu um olho e sorriu para ela. — Me liga quando chegar.

— Ligo — Annie prometeu. Sorrindo melancolicamente para Casey, ela se virou e começou a levantar, mas, de repente, ele estendeu a mão e a agarrou pelo pulso.

— Espere. Eu preciso te perguntar uma coisa.

Uh, oh. Lá vai. Respirando fundo, Annie se preparou para o golpe. Ele ia confessar uma coisa terrível, como que já tinha transado com Kayla. Ela engoliu em seco.

— O quê?

— Você vai ser minha namorada, princesa?

— O quê? — Annie sentou-se na cama, pega de surpresa pela pergunta.

Casey se sentou ao lado dela e segurou-a pelo queixo, olhando-a fixamente enquanto roçava o polegar nos lábios.

— Você quer ser minha namorada?

Corando, Annie tentou olhar para baixo, mas ele não permitiu. Relutante, ela olhou em seus olhos. Sua expressão era séria, mas gentil e amorosa.

— Pensei que você não se envolvia em relacionamentos a longo prazo — ela disse, suavemente.

Soltando a mão dela, ele parecia confuso e perguntou:

— O que te levou a pensar isso?

Annie olhou para baixo novamente.

— Bem, hum... Acho que eu ouvi Kelli e Kelly conversando ontem à noite, e uma delas disse que te conhece há anos e que você não entra em relacionamentos. Ela também deu a entender que vocês já transaram.

Gemendo, Casey inclinou a cabeça para trás e fechou os olhos.

— Jesus.

— Então é verdade? — perguntou Annie, franzindo a testa para ele.

— Sim, não. Quero dizer, olha... Sim, eu transei com a Kelli há uns quatro anos. Foi uma única vez e um erro total. Nós dois estávamos bêbados, e, no dia seguinte, ela estava agindo como se estivéssemos em um relacionamento monogâmico, mas eu nunca dei a entender nada parecido. Eu disse a ela de forma agradável, tanto quanto possível, que ela era uma garota legal e eu esperava que fôssemos amigos, mas que eu não estava interessado em sair com ela.

— Humm... bem, acho que entendo agora por que ela disse isso. Então, você não tem um problema com relacionamentos a longo prazo?

— Linda, eu nunca conheci uma garota que me fez desejar ter um... até te conhecer. Agora eu não quero imaginar como seria minha vida sem você.

Annie sentiu os olhos ficarem marejados com a sincera confissão de Casey. Ela ficou tocada por sua vulnerabilidade e honestidade. Enxugando uma lágrima, ela riu.

— Você tem um *péssimo timing*, sabia? Estou prestes a pegar um avião para voltar a Los Angeles, e você me pede para ser sua namorada e confessa seu am... — Ela parou, olhando para a cama, constrangida. Ele ainda não tinha dito que a amava. Ele estava abrindo seu coração e a pedindo em namoro, e ela tinha que arruinar o momento enfiando os pés pelas mãos e pedir ainda mais.

Casey estendeu a mão e limpou uma lágrima antes de acariciar suavemente seu rosto.

— Ei, olhe pra mim — ele ordenou. Lentamente, ela fez o que ele pediu, mordendo o lábio, incerta. — Eu amo, você sabe. Sei que é meio rápido, mas, quando sei que sinto algo tão honesto, eu não fujo. Correr é para os covardes, e eu não sou assim. Eu amo você, Annie.

Ele disse! Sorrindo como uma idiota, Annie explodiu em lágrimas de felicidade, jogando-se nos braços de Casey e o beijando repetidamente. Ele devolveu os beijos, em seguida, afastou a cabeça dela ligeiramente para trás e a olhou com firmeza.

— Ei, e você?

Sentindo-se incrivelmente feliz, mas um pouco travessa, seus olhos brilharam quando olhou para ele inocentemente.

— Eu o quê?

— Engraçadinha. Você me ama?

— Oh. Bem. Humm... amor é uma palavra forte — ela começou a dizer, então caiu na gargalhada quando ele fez cócegas sem piedade nela. — Ok, eu amo, eu amo! Eu amo, juro. Eu também te amo. Eu amo... — Ela parou quando ele a beijou profundamente, mergulhando a língua em sua boca, efetivamente silenciando-a. Eles se beijaram e se abraçaram por mais alguns minutos, mas então Annie gemeu e lembrou que precisava sair para o aeroporto.

Com um suspiro arrependido, Casey balançou a cabeça e saiu da cama para colocar um jeans e uma camisa enquanto ela ia ao banheiro reparar o dano que ele tinha feito em seu cabelo e maquiagem. Quando voltou, ele calçou um chinelo e pegou sua bagagem de mão.

— Vamos, princesa. Vou te levar até lá embaixo.

Casey já era o namorado perfeito, esperando o motorista do Uber chegar para levá-la ao aeroporto. Ele ajudou Annie a entrar no carro antes de se inclinar para beijá-la, em seguida, fechou a porta cuidadosamente. Ele acenou enquanto o carro se distanciava do hotel, então voltou para dentro depois que desapareceram na esquina.

O voo de volta para casa foi tranquilo e sem complicações. Como de costume para viagens curtas, a aeromoça mal tinha acabado de recolher as taças vazias e outros lixos quando o piloto anunciou que estavam começando a aterrissar em Los Angeles. Ela ligou para Casey no caminho de casa por alguns minutos antes de ele ter que sair.

Depois que chegou, Annie desarrumou a mala e separou a roupa suja. Levou mais de duas horas para terminar de lavar a roupa, então, começou a preparar uma travessa de lasanha para colocar no forno. Alex veio para o jantar semanal e perguntou sobre seu fim de semana com Casey, então ela fez um resumo de tudo o que aconteceu. Desde a noite que dançaram no Ruby Skye, o que aconteceu depois, quando voltaram ao hotel e no chuveiro na manhã seguinte ao encontro interessante com Kayla após o show. Ela não poupou detalhes.

— Então, não foi bom? — Alex perguntou enquanto se servia de outro pedaço de lasanha.

— Ah, sim — disse ela, balançando a cabeça vigorosamente. — A espera valeu a pena, com certeza.

— Fico feliz em ouvir isso.

— E há mais uma coisa — acrescentou, parando para dar uma mordida na sua torrada *Texas*. Ela tomou um gole de vinho, então sorriu para Alex. — Ele me pediu em namoro.

— O quê? Está falando sério? Isso é maravilhoso, querida — ele gritou, levantando a taça de vinho para brindar. — Um brinde a vocês dois.

— Obrigada. Eu ainda estou meio em choque, mas estou muito feliz. Este foi o melhor fim de semana de todos os tempos.

Alex riu.

— Melhor do que Phoenix?

— Dez vezes melhor do que Phoenix — ela concordou com um sorriso de satisfação. — Mal posso esperar para ir a Nova York.

Annie suspirou de contentamento quando se inclinou para trás no sofá, o estômago cheio da deliciosa lasanha e o coração repleto de amor por Casey. Ela ia sair para jantar e beber com suas melhores amigas, e tinha uma família incrível e amigos que a apoiavam em cada passo do caminho. A vida simplesmente não poderia ser melhor do que isso. Tudo parecia estar entrando nos eixos. Ela não sabia o que o futuro reservava ou o que poderia acontecer em Nova York durante as audições, mas, pela primeira vez na vida, Annie sentia como se todas as coisas estivesse acontecendo no momento certo. Ela estava pronta para o desafio.

Continua...

192 AUDREY HARTE

Agradecimentos

Há muitas pessoas que eu tenho que agradecer por fazerem parte desta viagem. Se eu esquecer de mencionar alguém, peço desculpas, mas, por favor, saibam que eu amo e aprecio todos vocês que estiveram ao meu lado, correndo atrás desse sonho louco. Em primeiro lugar, obrigada à minha família e amigos pelo amor e apoio contínuo. Eu não seria quem sou ou não estaria onde estou hoje sem vocês.

Meus sinceros agradecimentos outra vez para Kimberly Knight, minha BFFL, que me apresentou à comunidade dos autores independentes e me ensinou tudo sobre autopublicação. Você tem sido minha mentora, mas, o mais importante, tem sido uma grande amiga. Você ficou ao meu lado em alguns dos meus momentos mais sombrios, e sou grata por te ter na minha vida. Obrigada por tudo.

Muito obrigada a minhas betas maravilhosas, Kimberly Knight, Julie Prestsater, Avienne Savie, Christina Lefferts e Stacy Nickelson. Obrigada por dedicar um tempo da vida ocupada de vocês para me darem feedback.

Obrigada à minha equipe The Harte Breakers! Aprecio todo o tempo e esforço que vocês dedicaram ao me ajudar a promover meus livros.

Agradeço também ao talentoso Christopher Neil, meu novo surpreendente capista. Ele refez ambas as capas de *Procurando o amor nos lugares errados* e *Tudo acontece no momento certo*, e estou apaixonada pelas duas! Chris, você é o cara — sempre me ajudando quando preciso da minha arte final quando recebo novos pedidos. Obrigada pela sua paciência e amizade.

Obrigada, Angela McLaurin, da Fictional Formats, por ser a melhor formatadora que existe! Você deixa meus bebês bonitos, e te amo por isso. Você é uma pessoa ótima de se trabalhar, e aprecio tudo o que faz por mim.

Obrigada, Christina Lefferts, por concordar em me encontrar no Havaí quando eu estava lá de férias, e por me levar para almoçar no CPK e me apresentar ao Hokulani Bake Shop. Esses bolinhos são deliciosos e um grande sucesso no meu churrasco de família! Eu me diverti muito com você e estou muito contente de termos nos tornado boas amigas desde então. Por isso admiro você e toda a sua família por viver ao máximo. Vocês são incríveis e uma inspiração para mim. E obrigada por sempre me ouvir quando preciso desabafar sobre garotos estúpidos!

Obrigada, Melissa Price Iorio, por me mostrar que há pessoas neste mundo que passaram por piores experiências possíveis, mas que ainda encontram alegria, amor e felicidade para espalhar, sempre que possível. Mal posso esperar para te conhecer e te dar o maior abraço do mundo. Eu tenho fé que isso ainda vai acontecer!

Obrigada, Sandy Rizzotto DiPiazza, por se dispor a resgatar um completo estranho solitário e infeliz no Brooklyn. Mesmo não conseguindo nos atender a tempo, sei que isso será corrigido em breve! Você é uma mulher incrível com o maior coração, e mal posso esperar para te dar um grande abraço. Agradeço a JL Brooks por apresentá-la a mim!

Obrigada, JL Brooks: mulher, você me surpreende de verdade! Estou admirada com seu talento e oferta aparentemente infinita de energia e positividade. Mal posso esperar conhecê-la! A propósito, ainda precisamos ir a um karaokê e dançar.

Agradeço a Kimi Flores: minha autora amiga local! Juro que vamos combinar melhor esse encontro. Nós moramos a menos de uma hora uma da outra. Acho que uma viagem ao Porto é uma boa pedida! Obrigada por sua amizade e palavras de encorajamento. Estou muito feliz por estar nesta jornada com você. Nós lançamos nossos primeiros livros na mesma época, do ano passado, e estamos lançando nossos segundo livros na mesma época do ano! A nós!

Obrigada, Jodi Murphy, por ser a mais incrível assistente! Estou muito feliz que nos conhecemos na minha primeira sessão de autógrafos quando fui voluntária no LA Authors Event, no Universal Sheraton. Você é uma mulher bonita com uma alma ainda mais bonita. Estou tão feliz que você encontrou sua outra metade, mesmo isso significando você se mudar para longe de mim. Você merece ser feliz! Mal posso esperar para te ver e estou muito feliz por ter você de volta como assistente!

Por último, mas certamente não menos importante, obrigada aos blogs maravilhosos que se inscreveram para fazer meu tour de *Tudo acontece no momento certo*: BJ's Book Blog, Unknown Book Reviews, Book Addict Mumma, Butterflies, Books & Dreams, Liezel's Book Blog, It Started With a Book, Stephanie's Book Reports, Stories & Swag, Smart & Savvy With Stephanie, Cocktails & Books, Kristie's Kaptivating Reviews e Winding Stairs Book Blog. Agradeço-lhes pelo apoio e vontade de ajudar a espalhar divulgar meu mais recente trabalho. Curtam a página desses blogs impressionantes no Facebook!

Entre em nosso site e viaje no nosso mundo literário.
Lá você vai encontrar todos os nossos
títulos, autores, lançamentos e novidades.
Acesse www.editoracharme.com.br

Além do site, você pode nos encontrar em nossas redes sociais.

https://www.facebook.com/editoracharme

https://twitter.com/editoracharme

http://instagram.com/editoracharme